문지스펙트럼

외국 문학선
―――――
2-018

Aus dem Leben eines Taugenichts

Joseph von Eichendorff

방랑아 이야기

요제프 폰 아이헨도르프
정서웅 옮김

문학과지성사

외국 문학선 기획위원

김주연 / 권오룡 / 성민엽

문지스펙트럼 2-018

방랑아 이야기

지은이 / 요제프 폰 아이헨도르프
옮긴이 / 정서웅
펴낸이 / 채호기
펴낸곳 / 문학과지성사

등록 / 1993년 12월 16일 등록 제10-918호
주소 / 서울 마포구 서교동 363-12호 무원빌딩 4층 (121-838)
전화 / 편집부 338)7224~5 팩스 / 323)4180
영업부 338)7222~3 팩스 / 338)7221
홈페이지 / www.moonji.com

제1판 제1쇄 / 2001년 4월 6일

값 5,000원
ISBN 89-320-1236-9
ISBN 89-320-0851-5(세트)

ⓒ 정서웅

옮긴이와 협의하여 인지는 생략합니다.
이 책의 판권은 옮긴이와 문학과지성사에 있습니다.
양측의 서면 동의 없는 무단 전재 및 복제를 금합니다.

잘못된 책은 바꾸어드립니다.

방랑아 이야기

기획의 말

  18세기 말부터 약 오십 년 간 독일을 풍미한 문예사조는 낭만주의였다. 질서와 조화를 중시하는 고전주의에 반발한 문예사조이니 만큼, 낭만주의 작가들은 일정한 규범에 얽매이기를 싫어하고, 무한한 환상이나 꿈의 세계를 즐겨 묘사하였다.

  대표적인 낭만주의 시인 노발리스의 표현대로, "비천한 것에 고귀한 의미를, 일상적인 것에 신비로운 외관을, 잘 알려진 것에 알려지지 않은 품위를, 유한한 것에 무한한 모습을 부여하는 것"이 세계를 낭만화하려는 그들의 사명이었다.

  낭만주의자들은 먼 곳을 동경하여 유서 깊은 옛 도시들을 여행했고, 다른 민족의 문화에도 관심을 기울여 셰익스피어나 세르반테스의 작품들, 혹은 페르시아 · 인도 등지의 경이로운 동화의 세계와도 접촉하였다.

  그들은 과거의 세계를 또한 동경하였다. 용감한 기사와 경건한 성직자들이 활약하던 중세가 이들의 이상향이었다. 역사 연구가 성행하고, 잊혀진 옛 작품을 발굴하는 작업에 몰두하게 되었다. 영웅 서사시의 백미인 『니벨룽겐의 노래』가 신고 독일어로 번역되고, 그림 형제 등의 노력으로 아름다운 민담과 전설들이 수집·소개되었다.

요제프 폰 아이헨도르프Joseph von Eichendorff 역시 이러한 낭만주의 성향을 짙게 보여주면서, 민요처럼 소박하고 정감 어린 시와 산문을 많이 발표하였다. 특히 그의 작품은 숲, 구름, 성, 달빛, 샘물 등 신이 내려주신 자연에 대한 애정과 경건함이 가득하다.

그의 소설 『방랑아 이야기 Aus dem Leben eines Taugenichts』(1826)는 "인류의 영원한 동화책 중의 하나"라는 찬사를 받을 정도로 널리 읽히고 사랑받는 작품이다. 모두 10장으로 된 소설이지만, 문장이 시적인 데에다가 10여 편의 시가 삽입되어 있어, 작품을 읽고 있노라면 순식간에 아름다운 시적 분위기에 흠뻑 빠져들게 된다.

원제의 '타우게니히츠Taugenichts'는 '건달,' 혹은 '쓸모없는 놈'이라는 뜻이지만, 소설의 주인공인 '나' 즉 '타우게니히츠'는 독자를 한없이 즐겁게 해주는 방랑아이며 음유 시인이다. 그의 발길이 닿는 곳에는 언제나 명랑한 음악이 있으며, 흥미로운 모험의 세계가 기다리고 있다. 그가 바이올린을 연주하면 모든 사람들이 삶의 즐거움을 발견하고, 자연과 신에게 감사하게 된다.

그의 방랑은 독일과 오스트리아, 그리고 이탈리아의 아름다운 자연을 배경으로 전개된다. 그것은 목적 없는 방황이 아니라 낙원을 향한 여행이다. 비좁은 마을의 물방앗간을 떠나 무한히 열려 있는 세계 속에서 자신의 행운을 찾아보려는 모험의 행로이다. 성 속의 '아름다운 아가씨'에 대한 연모가 해피 엔딩으로 끝나는 것은 당연한 귀결이다.

아이헨도르프의 『방랑아 이야기』는 독일 낭만주의 소설의 모범이 되는 작품이다. 방랑아의 몽상과 우수, 먼 나라를 향한 동경, 자연과 인간에 대한 친밀감, 움트는 사랑과 삶의 기쁨, 이런 것들이 무한하고 아름다운 꿈의 세계로 우리를 인도한다. 유한한 일상사에서 벗어나 이런 낭만주의의 '푸른 꽃'을 갈망하는 독자들에게 이 작품은 큰 즐거움과 감동을 선사해줄 것이다.

2001년 4월
기획위원

차례

기획의 말 / 7

제1장 / 13
제2장 / 29
제3장 / 47
제4장 / 67
제5장 / 76
제6장 / 84
제7장 / 99
제8장 / 111
제9장 / 129
제10장 / 147

옮긴이 해설

동화처럼 아름다운 방랑과 사랑의 이야기 / 163

작가 연보 / 171

제 1 장

아버지의 물방앗간이 다시 덜커덩거렸다. 물레바퀴가 어느새 신명나게 돌아가고 있었다. 녹은 눈이 지붕으로부터 물방울이 되어 뚝뚝 떨어졌다. 그 속을 쨱쨱거리며 날아다니는 참새떼들. 나는 문지방에 걸터앉아 잠을 쫓아내느라 눈을 비볐다. 따사로운 햇살이 더할 수 없이 좋았다.

그때 아버지가 안채에서 걸어나왔다. 날이 밝기가 무섭게 물방앗간을 분주히 오가며 일하는 분이었다. 머리에는 잠모자가 비스듬히 얹혀 있었다. 아버지는 나를 향해 소리를 질렀다.

"이 게으름뱅이 녀석! 또 해바라기를 하고 앉았구나. 기지개를 켜는 걸 보니 뼛속까지 녹작지근한 모양이지. 일은 모두 나 혼자 도맡으란 말이냐? 여기선 네 녀석을 더 이상 먹여줄 수가 없다. 봄이 바로 코앞에 다가왔으니 너도 한번 넓은 세상으로 나가보아라. 네 힘으로 빵을 벌 줄도 알아야지."

"알았어요" 하고 나는 말했다. "저 같은 건달에게는 그 편이 낫겠네요. 넓은 세상에 나가 행운을 잡아보도록 하겠어요."

차라리 잘된 일이다. 얼마 전부터 여행을 하고 싶은 마음이 굴뚝 같았던 것이다. 멧새란 놈도 가을과 겨울엔 창가로 와서 늘 처량하게 노래했다.

"농부님, 일 좀 시켜주세요! 농부님, 일 좀 시켜주세요!"

그러나 화창한 봄날이 되자, 다시 나무 위에 앉아 우쭐대면서 소리치는 게 아닌가.

"농부님, 일은 당신네들이나 하세요!"

나는 집 안으로 들어가 벽에 걸어놓은 바이올린을 꺼내왔다. 내가 제법 잘 다루는 악기였다. 아버지가 몇 그로셴의 노잣돈을 쥐어주었다. 나는 건들거리며 긴 마을길을 걸어나갔다. 가슴속은 은밀한 기쁨으로 가득 차 있었다. 여기저기서 일하러 나가는 친지나 친구들을 만났다. 이들은 어제나 그제처럼 또 땅을 파고 쟁기질을 해야겠지. 나는 이렇게 자유 천지로 활보해 나가는데 말이다. 나는 뽐내듯 사방을 둘러보며 이 불쌍한 사람들을 소리쳐 불렀다. 그리고 쾌활하게 안녕을 고했다. 그러나 나에게 관심을 보이는 사람은 아무도 없었다.

나에게는 영원한 일요일 같은 기분이었다. 이윽고 탁 트인 들판으로 나왔을 때, 사랑하는 바이올린을 꺼내 들었다. 그리곤 큰길을 따라가면서 연주에 맞춰 노래를 불렀다.

하느님의 은총을 받으려는 자
넓은 세상으로 나서라.
산과 숲, 강과 들에
그분의 기적 넘쳐난다네.

집 안에서 빈둥대는 게으름뱅이
아침해 떠올라도 미적미적
아기 요람이나 지키고 앉아
양식 걱정에 한숨만 내쉴 뿐.

산골짜기엔 시냇물 졸졸 흐르고
하늘 높이 즐거운 종달새 노래.
내 마음 상쾌하게 함께 나니
목청 높여 노랫소리 절로 나오네.

사랑하는 하느님께 모두 맡기자,
시냇물, 종달새, 숲과 들까지.
하늘과 땅 모두 주관하시니
이 몸도 잘 보살펴주소서!

문득 주위를 둘러보니, 호화로운 여행용 마차 한 대가 내 옆으로 바싹 다가오고 있었다. 얼마 전부터 내 뒤를 따라온 모양이었다. 노래 부르기에 정신이 팔려 그것을 눈치채지 못했던 것이다. 마차는 아주 천천히 나아갔다. 두 귀부인이 창밖으로 머리를 내밀고 내 노래에 귀를 기울이고 있었다. 그중 한쪽 편이 특히 아름다웠고, 나이도 훨씬 젊어 보였다. 그러나 사실은 둘 다 내 맘에 쏙 들었다. 내가 노래를 그치자, 나이 든 여자가 마차를 멈추게 하더니 상냥하게 말을 걸어왔다.

"이봐요 멋쟁이 도련님, 정말 노래를 잘 부르는군요."

나는 지체 없이 응수했다.

"마음에 드신다면 훨씬 더 아름다운 노래를 불러드릴 수도 있습니다."

그러자 그녀는 내게 물었다.

"이렇게 이른 아침부터 어디로 가시는 건가요?"

나 자신도 그걸 몰라 부끄러웠지만 생각나는 대로 아무렇게나 말했다.

"빈으로 갑니다."

그러자 두 사람은, 내가 이해할 수 없는 외국어로 무슨 말인가를 소곤거렸다. 젊은 쪽이 몇 차례 머리를 살랑살랑 흔들었다. 그러나 나이 든 여자가 계속 웃음을 터뜨리더니, 이윽고 나를 향해 외쳤다.

"마차 뒤로 올라타세요. 실은 우리도 빈으로 가고 있답니다."

나보다 더 기쁜 사람이 있었을까? 고맙다는 인사를 마치기가 무섭게 나는 껑충 마차 뒤에 올라 앉았다. 마부가 채찍을 휘두르자 우리의 마차는 햇빛이 눈부신 거리를 쏜살같이 달려나갔다. 내 모자가 바람결에 팔랑팔랑 나풀거렸다.

마을과 정원과 교회의 탑들이 뒤편으로 사라졌다. 새로운 마을과 성과 산들이 눈앞에 나타났다. 아래쪽으로 밭과 숲과 초원이 차례로 지나갔고, 위쪽 푸른 하늘에는 숱한 종달새들이 날고 있었다. 체면상 비록 소리를 지르진 못했지만, 나는 마음속으로 환호성을 지르며 발을 굴렀다. 마차의 디딤판 위에서 춤을 추다가 하마터면 겨드랑이에 끼고 있던 바이올린을 떨어뜨릴 뻔하였다.

태양이 점점 더 높이 떠올랐다. 지평선 위에는 한낮의 흰 구름이 육중하게 피어올랐다. 하늘과 넓은 들판은 텅 빈 채 후텁지근했으며, 가볍게 일렁이는 밀밭엔 적막이 감돌았다. 그제서야 문득 마을이 생각났다. 아버지와 물방앗간, 그늘진 연못가의 서늘함과 은밀함. 모든 것이 이제 멀리멀리 사라져 갔다. 온 길을 다시 되돌아가고 싶은 야릇한 기분이 들기도 했다. 나는 바이올린을 웃옷과 조끼 사이에 꽂아 넣고, 망연자실한 채 생각에 잠겼다. 그리곤 디딤판 위에 앉은 채로 깜박 잠이 들었다.

내가 눈을 떴을 때, 마차는 높은 보리수나무 밑에 서 있었다. 뒤편에는 돌기둥들 사이로 나 있는 넓은 계단이 호화로운 성 안으로 통해 있었다. 옆에 서 있는 나무들 사이로 빈의 뾰족탑들이 보였다. 귀부인들은 오래 전에 내린 모양이었다. 말들도 풀려난 마차에 나 혼자 덩그러니 앉아 있는 꼴이었다. 나는 놀라서 재빨리 성 안으로 달려갔다. 그때 위쪽 창문에서 까르르 하며 웃는 소리가 들려왔다.

성 안에 들어서자 놀라운 일들이 일어났다. 넓고 서늘한 홀 안을 이리저리 두리번거리고 있는데 누군가 막대기로 내 어깨를 치는 사람이 있었다. 재빨리 돌아보니 잘 차려 입은 거한 하나가 떡 버티고 서 있었다. 금빛 천과 비단으로 된 널따란 띠를 허리까지 드리우고, 손에는 은도금을 한 지휘봉을 들고 있었다. 엄청나게 긴 매부리코가 영락없이 살진 칠면조를 연상케 했다. 그는 내게 여기 온 용건이 뭐냐고 물었다. 나는 완전히 얼이 빠졌다. 놀랍고 두려운 나머지 입도 뻥긋할 수가 없었다. 이어서 몇 명의 하인들이 층계를 바쁘게 오르내렸다. 그들은 일언반구 한마디 말도 없이 내 위아래를 훑어볼 뿐이었다. 그때 하녀(나중에 알았지만)가 내게 다가오더니 말을 건넸다.

"당신이 멋쟁이 도련님인가 보지요? 마님께서 물어보라 하시더군요, 여기서 정원사의 조수로 일할 생각이 있는지."

나는 조끼 주머니를 뒤져 몇 푼 노자를 찾았다. 아뿔싸, 한 푼도 남아 있지 않았다. 마차에서 춤추며 돌아갈 때 주머니에서 튀어 나간 게 틀림없었다. 이젠 바이올린 연주나 해서 빌어먹는 수밖에 없었다. 그러나 지휘봉을 든 매부리코도 내 옆을 지나며 말했듯이, 여기선 연주의 대가로 단 한 푼도 받을 것 같지 않았다. 걱정스런 얼굴로 나는 하녀에게 그리 하겠노라고 말할 수밖에 없었다. 그러면서도 연방 그 무시무시한 남자를 곁눈질했다. 그는 탑시계의 추마냥 홀 안을 오락가락하다가는 그 당당하고 위협적인 자세로 내 앞에 불쑥 나타나곤 했다.

이윽고 정원사가 나타났다. 그는 수염 밑으로 시정잡배들의 상소리를 쏟아내더니 나를 정원으로 데려갔다. 도중에 그는 내게 긴 설교를 늘어놓았다. 이제부터 성실하고 부지런해야 한다, 일없이 세상이나 쏘다니며 밥벌이도 못 하는 깡깡이 연주나 하고 다녀서야 되겠느냐, 에서 잘만 하면 차츰 팔자가 트일 수도 있을 게다, 등등. 그 밖에도 아주 훌륭한 교훈을 많이 얻었지만, 나는 그 대부분을 곧 잊고 말았다. 지금으로선 앞길이 막막하기만 하니 어찌하랴? 그저, 예예 알겠습니다만을 연발할 수밖에. 나는 날갯죽지 떨어진 새 꼴이 되고 말았다. 그러나 어쨌든 고맙게도 빵 문제는 해결된 셈이었다.

그 저택의 정원에서 나는 잘 지냈다. 매일 따뜻한 음식을 배불리 먹었고, 술추렴을 하고도 남을 만큼 용돈도 생겼다. 일이 무척 고되다는 게 좀 유감이랄까? 신전 모양의 별채와 정자들, 그리고 아름다운 숲속 산책길도 무척 마음에 들었다. 매일 찾아오는 신사 숙녀들처럼 나 역시 그 안을 한가롭게 거닐며 유식한 토론을 벌일 수 있다면 얼마나 좋으랴 싶었다.

종종 정원사가 외출해 나 혼자 남아 있을 때면, 얼른 짧은 담뱃대를 꺼내 물고 공상의 날개를 마음껏 펼쳤다. 내가 귀공자가 되어, 나를 성으로 데려온 아름다운 아가씨와 이곳을 산책한다면, 어떻게 멋지고 예의바른 말투로 이야기를 건넬까 궁리하였다. 사방이 고요하고 벌들이 윙윙대는 소리만 들리는 후텁지근한 오후엔 의자에 길게 누워 고향 쪽으로 흘러가는 구름을 바라보았다. 그리고 풀과 꽃잎이 살랑살랑 흔들리는 가운데 그 아가씨를 생각하였다. 그럴 때면 종종 정말로 그 아름다운 아가씨가 기타나 책 따위를 들고 멀리 정원 속을 거니는 모습이 보였다. 그 자태가 천사처럼 조용하고 늘씬하고 다정해서 나에겐 도대체 꿈인지 생시인지를 구별할 수 없을 정도였다.

한번은 일을 하러 어떤 정자 옆을 지나가면서 나 혼자 노래를 웅얼거렸다.

> 어디를 가나 어디를 보나
> 들과 숲과 골짜기에서
> 산을 넘어 푸른 하늘 저 멀리까지
> 아름다운 임 그리워하며

천번 만번 인사를 보냅니다.

그때, 어두운 정자의 반쯤 열린 블라인드와 그 앞에 서 있는 꽃들 사이로 두 개의 아름답게 반짝이는 눈동자가 어른거렸다. 나는 놀라서 부르던 노래를 그쳤다. 그리고 주위를 둘러보지도 않고 일터로만 향했다.

저녁, 정확히 말해 어느 토요일 저녁이었다. 내일이면 일요일이라는 기쁨에 들떠 나는 바이올린을 들고 정원사 사무실의 창가에 서 있었다. 그때 돌연 어둑어둑한 정원을 가로질러 하녀가 내달려왔다.

"아름답고 자비로운 아가씨께서 보내주신 술이에요. 그분의 건강을 기원하면서 마시도록 하세요. 그럼 안녕."

하녀는 포도주 한 병을 얼른 창턱에 올려놓고는 마치 도마뱀마냥 잽싸게 꽃과 울타리 사이로 사라졌다.

나는 오랫동안 그 놀라운 포도주 병 앞에 서 있었다. 정말 무슨 일이 일어났는지 믿어지지 않았다. 전에도 유쾌하게 바이올린을 켰지만, 이제야말로 정말 신나게 연주하고 노래할 수 있을 것 같았다. 나는 아름다운 아가씨의 노래를 비롯해 내가 아는 온갖 노래를 불러제쳤다. 창밖의 나이팅게일이 모두 잠에서 깨어났고, 하늘의 달과 별들도 더 오래 떠 있는 것 같았다. 그렇다. 이날은 정말로 멋지고 아름다운 밤이었다!

그 이후에도 나는 파이프 담배를 입에 물고 정원에 앉아 있곤 했다. 그러다 내 행색을 찬찬히 살펴보니, 이건 영락없이 타고난 건달 꼴이었다. 나는 곰곰이 생각했다. 사람이란 날 때부터 미래가 결정되는 게 아니다. 눈먼 암탉도 때로 낱알을 쫄 수 있는 법. 최후의 승자가 진짜 승자다. 뜻밖의 일도 얼마든지 생기는 것인즉, 인간은 생각하고 신이 조정하는 것이다.

그때부터 나는 종전의 습관에서 벗어났다. 매일 아침 정원사와 다른 일꾼들이 깨어나기 전에 잠자리에서 일어났다. 새벽의 정원은 참으로 아름다웠다. 꽃들과 분수, 장미 덩굴을 비롯한 온갖 화초들이 아침 햇살을 받고 금은 보석처럼 반짝거렸다. 높은 떡갈나무 산책길엔 아직 조용하고 서늘한 가운데 마치 교회당 같은 경건함이 깃들여 있었다. 새들만 포르릉포르릉 날아다니며 모래 속에서 모이를 찾았다.

아름다운 아가씨가 머물고 있는 저택의 창문 바로 앞에는 꽃이 만발한 관목 한 그루가 서 있었다. 나는 새벽마다 그곳으로 다가가 꽃나무 가지에 몸을 숨기고 창문을 기웃거리곤 했다. 공공연히 그녀를 만날 용기가 없었던 것이다. 그때마다 아름답기 짝이 없는 아가씨는 눈처럼 하얀 잠옷을 입고 아직 잠이 덜 깬 발그레한 얼굴로 창가에 나타났다. 때로는 갈색 머리카락을 땋아 올리며 상냥한 눈으로 정원의 꽃나무를 바라보았고, 때로는 창 앞에 드리운 꽃들을 구부려 함께 묶어주었다. 또는 섬섬옥수로 기타를 연주하며 정원 쪽을 향해 청아한 노래를 부르기도 했다. 그 노래가 떠오를 때면, 나는 아직도 애틋한 마음으로 옛 기억을 되살리고 싶어진다. ― 아, 모든 게 벌써 옛일이 되고 말았구나!

어쨌든 그렇게 일주일 남짓이 지나갔다. 그날도 그녀는 또 창가에 서 있었다. 주변은 모든 게 고요하였다. 그때 공교롭게도 파리 한 마리가 내 콧구멍 속으로 날아들었다. 참다참다 터진 재채기는 그칠 줄을 몰랐다. 그녀는 창문을 활짝 열어젖혔다. 그리고 꽃나무 뒤에 숨어 있는 가련한 녀석을 찾아내었다. 나는 부끄러워 며칠 동안 그곳에 가지 못했다.

결국 나는 다시 용기를 냈다. 그러나 이번엔 창문이 닫혀 있었다. 나흘, 닷새, 엿새째를 아침마다 꽃나무 뒤에 숨어 있었다. 그러나 그녀는 두 번 다시 창가에 나타나지 않았다. 그 기간이 내겐 너무나 길게 느껴졌다. 나는 결심을 하고 아침마다 공공연히 성의 창이란 창은 모두 찾아다녔다. 그러나 그 사랑스런 아가씨는 영영 모습을 나타내지 않았다. 그후 나는 좀 떨어진 곳의 창가에서, 마차에서 만났던 또 한 명의 숙녀가 서 있는 것을 보게 되었다. 전에는 한 번도 자세히 본 적이 없었는데, 이제 보니 그녀의 자태 역시 참으로 아름다웠다. 조금 뚱뚱하긴 했지만, 한 송이 튤립처럼 화려하면서도 우아하였다. 나는 늘 머리를 깊이 숙여 인사를 했다. 그때마다 그녀는 감사의 표시로 머리를 끄덕이거나 아주 품위 있게 눈짓을 보내주었다. 그러다가 꼭 한 번 본 것 같았다. 그 아름다운 아가씨가 창의 커튼 뒤에 숨어서 밖을 내다보고 있는 모습을.

그녀를 보지 못한 채 많은 날들이 흘러갔다. 그녀는 더 이상 정원에 나오지 않았다. 창가에도 나타나지 않았다. 정원사는 나를 게으름뱅이라고 윽박질렀다. 나에겐 세상만사가 다 귀찮아졌다. 하느님이 만드신 세상을 바라보고 있노라니 내 자신의 콧잔등조차 짜증이 날 지경이었다.

어느 일요일 오후였다. 나는 사무실에 비스듬히 누워 내 담배 연기가 피워내는 푸른 연기를 바라보고 있었다. 그러고 있자니 다른 일자리를 구하지도 않으면서, 그렇다고 내일의 희망찬 일요일을 기대하지도 못하는 나 자신에 대하여 화가 났다. 다른 동료들은 모두 근처 마을에서 벌어진 댄스 파티에 참석하러 외출 중이었다. 모두들 화려하게 차려 입고 떠났으니, 따뜻한 날씨에 거리의 악사들이 연주하는 손풍금 소리에 맞춰 꿈꾸듯 아름다운 거리를 오가고 있을 것이다. 나만 짝 잃은 외기러기 신세였다. 연못가의 쓸쓸한 갈대숲에 앉아 있거나, 그곳에 매여 있는 조각배에 몸을 싣고 흔들거렸다. 시내의 저녁 종소리가 정원까지 울려왔다. 물 위의 백조들은 내 곁에서 이리저리 한가롭게 헤엄치고 있었다. 나는 마음이 심란해 죽을 지경이었다.

그때 멀리에서 여러 가지 음성이 울려 퍼졌다. 유쾌한 환담과 웃음 소리가 점점 가까이 들려오더니, 빨간색, 흰색 머플러와 깃털 달린 모자들이 숲 사이로 어른거렸다. 그러더니 갑자기 성 쪽으로부터 젊고 쾌활한 신사 숙녀들이 떼를 지어 나타났다. 그들은 잔디밭을 지나 내 쪽으로 다가왔는데, 그들 속에 그 두 숙녀도 함께 있었다. 내가 벌떡 일어나 자리를 피하려 하자 나이 든 숙녀가 환한 얼굴로 외쳤다.

"어쩜, 꼭 알맞을 때 당신을 만났네요. 우릴 호수 저편 둑까지 실어다주세요!"

숙녀들이 한 사람씩 조각배로 조심조심 올라탔다. 남자들은 여인들이 배에 오르는 것을 도와주면서 물 위에선 자신이 있는 양 은근히 용기를 과시했다. 여인들이 모두 배의 양쪽 좌석에 앉자 나는 호숫가로부터 배를 밀어내었다. 맨 앞쪽에 앉은 한 귀공자가 은밀히 몸을 흔들었다. 숙녀들은 두려워서 서로 얼굴을 바라보았고, 몇몇은 소리를 지르기도 했다. 그 아름다운 아가씨는 손에 백합 한 송이를 들고 배의 가장자리에 바싹 붙어 앉아 있었다. 조용한 미소를 띠고 맑은 수면을 굽어보며 백합꽃으로 물장난을 치고 있었는데, 수면의 구름과 나무 사이에 비친 모습이 마치 깊고 푸른 하늘 속을 조용히 거니는 천사 같았다.

내가 그녀를 바라보고 있을 때, 불쑥 나이 든 숙녀가 나에게 배가 가는 동안 노래나 한 곡 불러달라고 청했다. 그러자 코에 안경을 걸친 한 우아한 귀공자가 재빨리 곁으로 다가가 그녀의 손에 살짝 입을 맞췄다.

"멋진 아이디어를 내주시어 감사합니다. 기왕이면 민요 한 곡을 부탁합니다. 들과 숲에서 민중이 노래하는 민요는 알프스 산에 피는 알프스 장미와 같지요. 민족 정신의 정화라고나 할까요?"

그러나 나는 그렇게 고상한 노래는 알지 못한다고 거절하였다. 그러자 지금껏 눈에 띄지 않았던 그 시녀가 나서며 짓궂게 한마디 거들었다. 그녀는 찻잔과 술병이 가득 든 바구니를 들고 바로 내 곁에 서 있었던 것이다.

"하지만 당신은 한 아름다운 아가씨에게 바치는 멋진 노래를 알고 있잖아요."

그러자 그 귀부인이 맞장구를 쳤다.

"맞아, 맞아. 그 노래를 정말 잘 부르더군요."

나는 점점 얼굴이 빨개졌다. 아름다운 아가씨도 물에서 고개를 들고 나를 쳐다보았다. 그녀의 시선은 내 몸과 마음을 파고들었다. 나는 망설이지 않았다. 마음을 가다듬고 한껏 기쁜 심정으로 노래를 불렀다.

    어디를 가나 어디를 보나
    들과 숲과 골짜기에서
    산을 넘어 푸른 하늘 저 멀리까지
    아름다운 임 그리워하며
    천번 만번 인사를 보냅니다.

정원에서 찾아낸 수많은 꽃들
송이송이 어여쁜 꽃들
한 아름 엮어서 화환을 만들 때
숱한 상념과 뜨거운 인사
그 속에 함께 엮어 넣지요.

그대는 너무 높고 아름다워서
발돋움해도 닿을 수 없어요.
화환이 모두 시들어버려도
그대를 향한 내 사랑만은
영원히 가슴속에 불타고 있어요.

겉으론 마냥 즐거운 표정으로
한세상 그럭저럭 살아갑니다.
가슴이 터질 듯 아프더라도
계속 땅을 파고 노래하면서
무덤을 향해 한걸음씩 다가갑니다.

 노래를 부르며 눈치를 보자니, 귀공자들은 대부분 짓궂은 표정으로 숙녀들 앞에서 비웃고 있었다. 우리는 건너편에 닿았다. 신사 숙녀들은 모두 배에서 내렸다. 안경 낀 신사가 떠나면서 내 손을 잡고 무어라 말을 건넸으나 내 정신은 다른 데 가 있었다. 나이 든 숙녀는 아주 다정한 눈길을 보내주었다. 아름다운 아가씨는 내 노래가 끝날 때까지 눈을 내리깔고 있었는데 떠나면서 아무 말도 하지 않았다. 노래를 부를 때부터 내 눈엔 이슬이 맺혀 있었다. 수치와 고통 때문에 마음이 찢어지는 것 같았다. 갑자기 온갖 상념이 물밀듯이 몰려왔다. 그녀는 너무나 아름답다. 그런데 나는 가련하게도 조롱이나 당하고 세상으로부터 버림받았다. 그들이 모두 덤불 뒤로 사라졌을 때, 나는 더 이상 견딜 수가 없어 풀밭에 쓰러져 흐느껴 울었다.

제 2 장

 주인집 정원 바로 옆으로 국도가 지나가고 있었다. 높은 담장으로 나누어진 그곳에 빨간 지붕의 깨끗한 세관 하나가 서 있었다. 뒤뜰에는 예쁜 울타리를 두른 작은 꽃밭이 있었는데, 여기에서 담장의 틈을 통해 서늘하고 은밀한 성 안의 정원이 들여다보였다.

 그런데 최근에 그곳에서 일하던 세관원 하나가 죽었다. 어느 날 아침, 내가 아직 깊은 잠에 곯아떨어져 있던 이른 시각에 성의 서기가 찾아왔다. 성의 집사장이 급히 나를 부른다는 것이었다. 나는 급히 옷을 추스르고 이 쾌활한 서기의 뒤를 터덜터덜 따라갔다. 가는 길에 그는 여기저기서 꽃을 꺾어 윗도리에 꽂기도 하고, 산책용 지팡이를 솜씨 있게 휘두르면서 나를 향해 연신 무슨 얘긴가를 지껄여댔다. 그러나 눈과 귀가 잠에서 덜 깬 나로선 아무 말도 알아들을 수가 없었다. 사무실에 들어가니, 아직 날이 밝지 않아 어둑어둑하였다. 멋진 가발을 쓴 집사장이 커다란 잉크 병과 서류며 장부

더미 뒤에서 마치 둥지 속의 부엉이처럼 나를 바라보았다.

"자네 이름이 무언가? 어디에서 왔지? 글을 쓰고 읽거나 셈할 줄 아는가?"

할 수 있다고 대답하자, 그는 계속하여 말했다.

"마님께서 자네의 성실한 품행과 특별한 공적을 높이 사시어 죽은 세관원의 자리를 맡기시겠다네."

나는 재빨리 지금까지의 내 행동과 태도를 생각해보았다. 그리고 결국은 집사장의 말씀이 지당하다는 결론을 내릴 수밖에 없었다. 이렇게 해서 나는 생각보다 빨리 정말로 세관의 관리가 되었던 것이다.

나는 즉시 새로운 거처로 옮겼으며, 짧은 시간 안에 모든 것을 정리하였다. 죽은 세관원이 후계자에게 남겨준 물건이 제법 많았다. 그 중에는 노란 점박이 무늬가 있는 붉은 색의 화려한 잠옷, 푸른 실내화와 잠잘 때 쓰는 모자, 그리고 대롱이 긴 담뱃대도 몇 개 있었다. 모두 내가 갖고 싶었던 것들이었다. 내가 고향 집에 있었을 때, 우리 마을 목사님이 늘 이런 걸 갖춘 모습으로 유유자적하는 걸 보았던 것이다. 하루 종일 (별로 할 일이 없었기에) 나는 잠옷과 머리에 모자를 쓴 차림으로 집 앞 벤치에 앉아 죽은 세관원이 남긴 것 중 제일 긴 담뱃대를 물고 국도를 오가는 행인이나 마차들을 바라보았다.

내 소망은 단지, 내 앞날이 신통치 않으리라고 늘 말하던 고향 사람들이 몇 명이라도 이곳을 지나며 내 모습을 보아주는 것이었다. 잠옷은 내게 기막히게 어울렸고, 요컨대 모든 게 유쾌하기 짝이 없었다. 거기 앉아서 나는 이것저것 많은 생각을 하였다. 모든 것은 시작이 어려운 법이다, 귀족들의 생활이란 참으로 쾌적한 것이구나, 등등. 그리고 은밀히 결심하였다. 이제 방랑을 중단하고 나도 남들처럼 돈을 벌어 장차 세상에서 그럴듯한 무언가를 이루어내야지, 하고. 그러나 그 사이에도 나의 결심, 걱정, 업무를 떠나 그 아름다운 아가씨를 한시도 잊은 적이 없었다.

나는 꽃밭에 심은 감자와 채소를 모두 뽑아버리고 대신 예쁜 꽃들을 골라 심었다. 커다란 매부리코의 문지기가 이것을 의아한 눈으로 바라보았다. 그는, 내가 거처를 옮긴 후 종종 찾아와 다정한 친구가 되었는데, 내 하는 짓을 보자, 갑자기 얻은 행운 때문에 머리가 돌아버린 것으로 생각했다. 그러나 나는 개의치 않았다.

멀지 않은 주인집 정원에서 부드러운 음성이 들려오곤 했다. 무성한 숲에 가려 누구인지 볼 수는 없었지만, 그 가운데엔 내 아름다운 아가씨의 목소리도 섞여 있었다. 나는 날마다 꽃밭에서 가장 아름다운 꽃들을 골라 한 아름의 꽃다발을 만들었다. 그리고 어두운 저녁이 되면 담장을 넘어가 거기 정자 한가운데 있는 돌탁자 위에 그것을 놓아두었다. 내가 새로운 꽃다발을 들고 찾아갈 때마다 먼젓번의 것은 탁자에서 사라지고 없었다.

어느 날 저녁 신사 숙녀들이 사냥을 떠났다. 태양이 막 가라앉으면서 주위가 온통 황금빛 노을과 어스름으로 뒤덮여 있었다. 다뉴브 강이 금빛으로 불타면서 멀리 휘돌아 나가고, 온 산과 골짜기에선 포도 재배자들의 노래와 환호성이 울려 퍼졌다. 나는 세관 앞 벤치에 문지기와 함께 앉아 훈훈한 저녁의 대기에 몸을 맡기고는 유쾌한 하루가 서서히 저물어가는 모습을 바라보았다.

그때 갑자기, 돌아오는 사냥꾼들의 뿔피리 소리가 멀리에서 들려왔다. 그 소리는 이산 저산에 메아리치면서 그때마다 다정한 화답을 보내왔다. 나는 너무나 황홀하여 자리에서 벌떡 일어났다. 그리고 마술에라도 걸린 듯 기쁨에 겨워 소리를 질렀다.

"아 정말 고상한 일이로구나, 사냥이란 것은!"

그러나 문지기는 조용히 파이프 담배의 재를 털면서 말했다.

"자네는 그렇게 생각하나? 한번 따라간 적이 있지만 종일 쏘다니는 바람에 밑창만 나갔지. 그뿐인 줄 아나? 줄곧 젖은 발로 돌아다니다 보면 감기에 걸리기 십상이라고."

순간 나도 모르게 화가 치밀어 온몸이 바르르 떨렸다. 갑자기 이 사내 자체가 역겨워졌다. 역겨운 외투를 걸치고 담배를 뻐끔대는 꼬락서니 하며 커다란 매부리코에서 발끝까지 모든 것이. 나는 정신없이 그의 멱살을 움켜잡고 말했다.

"이 문지기 영감, 집으로 꺼져버려요. 아니면 당장 요절을 낼 테니!"

이 말에 문지기는, 내가 돌아버렸다는 그의 생각을 다시 한 번 실감하는 모양이었다. 걱정스럽다는 듯, 그러나 은근히 두렵기도 한 표정으로 나를 바라보더니 아무 소리도 않고 내 곁을 떠났다. 성큼성큼 성으로 돌아가면서도 긴장한 얼굴로 연신 나를 돌아다보았다. 성에 도착하기가 무섭게 안도의 한숨을 내쉬며, 필경 내가 미쳐버렸노라고 떠들어댈 것이 분명했다.

그러나 나는 통쾌한 웃음을 터뜨렸다. 잘난 체하는 친구를 떼어버린 게 진정으로 기뻤다. 바로 정자에 꽃을 갖다 놓을 시간이 되었던 것이다. 오늘도 나는 재빨리 담장을 넘어 돌탁자가 있는 곳으로 향했다. 그때 약간 떨어진 데서 말발굽 소리가 들려왔다. 내가 미처 피할 겨를도 없이 그 아름다운 아가씨의 자태가 나타났다.

그녀는 푸른 사냥복 차림에 모자의 깃털을 한들거리며 천천히 산책길을 따라 걸어왔다. 보아하니 무언가 깊은 생각에 잠겨 있는 것 같았다. 뿔피리 소리가 점점 가까워지는 가운데 높은 나무들 사이 변해가는 저녁노을을 배경으로 다가왔는데, 그 모습은 그야말로 옛날이야기 책에서 읽은 마겔로네[1]의

---

1) 낭만주의 작가 루드비히 티크가 중세의 전설을 개작하여 지은 동화에 나오는 여주인공.

그것과 흡사하였다. 나는 그 자리에 붙박인 듯 꼼짝할 수 없었다. 그녀 역시 나를 보자 소스라치게 놀라 거의 무의식 중에 말고삐를 잡았다. 나의 가슴은 두려운 나머지 마구 방망이질했다. 그러나 어제의 꽃다발이 그녀의 가슴에 안겨 있는 것을 보았을 때 기쁘기 그지없었다. 이제 더 이상 지체할 수가 없었다. 나는 완전히 넋이 나간 상태에서 입을 열었다.

"아가씨, 이 꽃다발도 받아주세요. 제 꽃밭의 모든 꽃, 아니 제가 가진 모든 것을 다 드리겠습니다. 오 당신을 위하는 일이라면 불 속엔들 뛰어들지 못하겠습니까!"

그녀는 처음엔 무척 엄숙한 표정을 지었다. 마치 무척 화가 난 듯 나를 응시하였기에 등골이 오싹할 지경이었다. 그러나 내가 얘기하는 동안 그녀는 꼼짝도 하지 않은 채 눈을 내리깔고 있었다. 그때 사냥꾼 몇이 떠들썩하게 지껄이는 소리가 들려왔다. 그녀는 재빨리 내 손의 꽃다발을 낚아채더니 아무 말 없이 구부러진 모퉁이 길로 사라져버렸다.

이날 저녁 이후 내겐 마음의 안정과 휴식이 사라졌다. 봄이 시작될 때면 늘 그랬듯이 까닭 없이 불안하고 또 기쁘기도 했다. 마치 내 앞에 커다란 행복이나 아니면 엄청나게 무서운 그 무엇이 놓여 있는 것 같았다. 특히 계산이 제대로 되지 않는 데는 난감하기 짝이 없었다. 햇빛이 창문 앞 밤나무를 통해 녹황색의 광선을 장부 위에 쏟아 부으면, 이월금의 정리와 합산에 이르기까지 위로 아래로 계산하고 있는 동안 전혀 엉뚱한 생각이 끼어들었다. 그러면 나는 때때로 정신이 완전히 혼미해져 정말이지 셋까지도 헤아릴 수 없을 지경이었다. 그도 그럴 것이, 8이란 숫자는 늘 널따란 머리 장식에 코르셋을 바싹 조여 맨 나이 든 숙녀를 연상시켰고, 못된 7은 영원히 뒤쪽을 가리키는 이정표 혹은 교수대를 떠올리게 했던 것이다. 나를 가장 자주 놀리는 건 9였다. 그것은 자주 물구나무 서서 눈 깜짝할 사이에 6으로 변해 있었다. 2는 의문 부호인 양 교활하게 바라보면서 내게 이렇게 묻는 것 같았다.

'결국 무엇이 될 셈이냐, 이 가련한 0아! 그녀, 그 날씬한 1이자 모든 것인 그녀가 없다면 네놈은 영원히 아무것도 아닐걸!'

사무실 문 앞에 앉아 있는 것도 이젠 더 이상 즐겁지가 않았다. 좀더 편해지려고 앉은뱅이의자를 꺼내 그 위에 발을 올려놓고, 전임자의 낡은 양산을 수선하여 중국식 정자처럼 해를 가리도록 펼쳐놓기도 했다. 그러나 아무 소용이 없었다. 그렇게 앉아 담배를 피우며 공상에나 잠겨 있자니 두 다리는 권태로운 나머지 점점 길어지고, 몇 시간이고 바라보는 코는 하릴없이 커가는 것만 같았다.

이따금 동트기 전 속달우편 마차가 지날 때면, 나는 잠이 덜 깬 채로 서늘한 집 밖으로 나갔다. 그러면 귀여운 얼굴이 어둠 속에서 두 눈을 반짝이며 마차 밖을 향해 다정한 아침 인사를 보내는 것이었다. 그러나 주위엔 아무도 보이지 않고, 마을의 수탉들만이 잔잔히 일렁이는 밀밭 너머로 힘차게 울어댈 뿐이었다. 여명이 밝아오는 하늘 위엔 어느새 일찍 깨어난 종달새 몇 마리가 날고 있었다. 마부는 계속해서 말을 몰면서 마차의 통과를 알리는 뿔피리를 불고 또 불었다. 나는 거기에 오랫동안 서서 떠나가는 마차를 바라보았다. 그러자 나 역시 당장 이곳을 떠나 저 세상 멀리멀리로 나가고 싶은 마음이 굴뚝 같았다.

여전히 나는 해가 지기 무섭게 어두운 정자의 돌탁자 위에 작은 꽃다발을 갖다 놓았다. 그러나 그뿐이었다. 그날 밤 이후 모든 게 끝장나버렸다. 어느 누구도 그것을 거들떠보지 않았다. 아침 일찍 그곳에 가보면 꽃은 어제 모습 그대로 놓여 있었다. 시들어 고개를 떨군 채, 그 위에 아침 이슬을 머금고 흐느끼는 듯 슬프게 나를 바라보는 것이었다. 나는 견딜 수가 없었다. 더 이상 꽃다발을 만들지 않았다. 이제 꽃밭에는 잡초가 멋대로 번성하였다. 꽃들은 방치된 채로 자라다가 꽃잎을 바람에 날려보냈다. 내 마음 역시 황량하고 복잡하고 울적하였다.

이렇게 우울한 시간을 보내던 어느 날이었다. 그날도 창가에 기대앉아 망연히 허공을 바라보고 있는데 성의 시녀가 깡충깡충 뛰면서 길을 건너왔다. 그녀는 나를 발견하자 재빨리 다가와서는 창가에 몸을 붙였다.

"주인 어른께서 어제 여행에서 돌아오셨어요" 하고 그녀는 황급히 말했다.

"그래요?" 나는 의아한 표정으로 대답했다. 벌써 몇 주일째 아무것에도 관심을 두지 않았기에 주인이 여행 중이었는지 어떤지 알 턱이 없었다. "그렇다면 따님께서도 무척 기뻐하시겠군."

그러자 시녀는 이상한 눈으로 내 위아래를 훑어보았다. 내가 무슨 바보 같은 말을 했나 생각해봐야 할 정도였다.

"당신은 도대체 아무것도 모르는군요." 그녀는 조그만 코를 찌푸리면서 말했다. "오늘 밤 성에서 주인 어른의 귀가를 축하하는 무도회가 열린단 말이에요. 가면 무도회가요. 우리 마님께서도 분장을 하시는데, 여자 정원사로 분장하신대요. 알겠어요, 여자 정원사로 말이에요. 마님께서 말씀하시길, 당신 꽃밭에 특별히 아름다운 꽃들이 많다는 거예요."

참 공교롭게 되었구나, 하고 나는 생각했다. 이제는 잡초에 뒤덮여 꽃을 거의 볼 수가 없는데……

시녀는 계속해서 말을 이었다.

"마님께선 예쁜 꽃을 옷에 꽂고 싶어하세요. 막 꽃밭에서 나온 싱싱한 꽃이어야 해요. 그러니 오늘 밤 어두워지거든 당신이 직접 성 안 정원의 커다란 배나무 아래서 기다려줘요. 그러면, 마님이 직접 오셔서 꽃을 받아갈 거예요."

이 소식을 듣자 나는 기쁜 나머지 얼이 빠질 지경이었다. 환호성을 지르며 창문을 뛰어넘어 시녀에게 달려갔다.

"어머나, 흉측한 잠옷 좀 봐!"

갑자기 집 밖으로 튀어나오는 나를 보고 시녀가 외쳤다. 나는 화가 났다. 여성에 대한 예의에 관한 한 누구에게도 뒤지지 않는다고 자부하는 터였다. 좀 짓궂은 장난 같지만 그녀를 붙잡고 키스를 해주려던 참이었다. 그러나 잠옷이 너무 길었기 때문에 나는 두 발이 걸려 그만 땅 위에 길게 나뒹굴고 말았다. 내가 다시 일어섰을 땐 시녀가 벌써 달아난 뒤였다. 그녀는 멀리서 배꼽을 쥐고 깔깔대었다.

그러나 나는 생각할수록 기분이 좋았다. 그녀는 여전히 나와 내 꽃다발을 생각하고 있구나! 나는 꽃밭으로 달려갔다. 서둘러 잡초들을 뽑아선 어두워지는 허공 속으로 내팽개쳤다. 마치 모든 불운과 우울을 뿌리째 뽑아버리겠다는 듯이. 장미는 다시 그녀의 입술과 같았다. 푸른 메꽃은 그녀의 두 눈이었고, 쓸쓸히 고개를 숙이고 있는, 눈처럼 하얀 백합은 바로 그녀의 모습 그대로였다. 나는 갖가지 꽃들을 조심스레 바구니에 모았다.

조용하고 아름다운 저녁이었다. 구름 한 점 없는 하늘엔 어느 틈에 몇 개의 별이 얼굴을 내밀고 있었다. 들판 너머 멀리에서 다뉴브 강의 찰랑대는 소리가 들려왔고, 바로 건너편 주인집 정원의 높다란 나무에서는 무수한 새들이 즐겁게 노래하고 있었다. 아 나는 참으로 행복하였다!

마침내 밤이 되었을 때, 나는 꽃바구니를 옆에 끼고 성의 정원을 향해 출발했다. 바구니 속에는 온갖 아름다운 꽃들이 다채롭게 섞여 있었다. 하양, 빨강, 파랑 꽃들이 은은한 향기를 풍겨 그 안을 들여다볼 때마다 절로 미소가 피어 올랐다.

나는 즐거운 생각에 가득 차 아름다운 달빛 속을 걸어나갔다. 깨끗한 모래가 뿌려진 조용한 길을 통해 우아한 정자들 옆을 지나갔다. 조그맣고 하얀 다리를 건널 땐, 호수 위에 조는 듯 앉아 있는 백조들이 보였다. 커다란 배나무는 곧 찾을 수 있었다. 내가 아직 정원사 조수였을 적에 무더운 오후 같은 때 곧잘 그 그늘 밑에 드러눕곤 했던 바로 그 나무였다.

이곳은 무척 어둡고 쓸쓸하였다. 키 큰 백양나무 한 그루만이 은빛 잎새들과 끊임없이 무언가를 속삭이고 있었다. 성으로부터는 간간이 무도회의 음악이 들려왔다. 정원에서는 이따금 사람들의 목소리도 들렸다. 그것은 내 곁 아주 가까운 곳에서 들리다가 또 갑자기 쥐죽은듯이 조용해지곤 했다.

내 가슴은 방망이질했다. 마치 누군가를 훔쳐보려는 듯 두렵고도 묘한 기분이었다. 나는 오랫동안 꼼짝 않고 나무에 기대선 채 사방을 살펴보았다. 그러나 종내 아무도 나타나지 않았기 때문에 더 이상 참을 수가 없었다. 나는 꽃바구니를 팔에 끼고 재빨리 나무 위로 기어올랐다. 탁 트인 곳에서 심호흡을 하고 싶었던 것이다.

저 위쪽으로부터 무도곡이 나뭇가지 위로 직접 내게 울려왔다. 나는 정원 전체를 내려다보며 불빛 휘황한 안채의 창문들을 응시하였다. 그곳에선 샹들리에가 별의 화환처럼 서서히 돌아가고, 잘 차려 입은 선남선녀가 마치 그림자놀이를 하듯 이리저리 얽혀 돌아갔다. 때때로 몇몇은 창문 밖으로 몸을 내밀고 정원 안을 들여다보기도 했다. 성 밖의 잔디며 숲이며 나무들은 홀에서 흘러나오는 조명을 받고 황금빛으로 물들었고, 꽃들과 새들 역시 모두 깨어 있는 것 같았다. 내 주변과 뒤편의 정원만이 멀리까지 깜깜하고 고요하였다.

 그녀도 지금 춤을 추고 있겠지, 나는 나무 위에 앉아 혼자 생각하였다. 오래 전에 나와 꽃다발을 잊은 게 틀림없어. 저렇게 희희낙락한데 어느 누가 날 걱정해주겠어. 어디서나 늘 내 신세가 이 꼴이었지. 세상 사람들은 모두 자신의 안식처를 갖고 있다. 따뜻한 난로, 한 잔의 커피, 아내, 저녁에 마시는 포도주 한 잔 — 이런 것에 아주 만족해한다. 심지어 문지기까지 자기 처지에 한껏 만족하고 있다. 내게만 기댈 곳이 아무데도 없다. 어디에서나 한걸음 처져 있다. 온 세상이 나 따위는 전혀 아랑곳하지 않는다.

 이렇게 철학자같이 생각에 몰두해 있는데, 문득 아래쪽에서 무엇인가 풀잎을 헤치고 나오는 소리가 났다. 아주 가까운 곳에서 두 사람이 맑은 목소리로 소곤거리고 있었다. 잠시 후 관목숲의 나뭇가지가 휘어지더니 시녀의 조그만 얼굴이 나타났다. 그녀는 정자에 올라 사방을 둘러보았다. 이 엿보기꾼의 교활한 눈동자에서 달빛이 반짝반짝 빛났다. 나는 숨을 죽인 채 꼼짝 않고 아래를 내려다보았다. 오래지 않아 정말로 여자 정원사가 나무들 사이로 걸어나왔다. 어제 시녀가 얘기한 모습 그대로였다. 내 가슴은 터질 듯이 뛰었다. 그녀는 가면을 쓴 채로 놀란 양 주위를 둘러보았다. 그러나 내 보기에 그녀는 날씬하지도 귀엽지도 않다. 마침내 그녀는 나무에 아주 가까이 다가와 가면을 벗었다. 그것은 저 나이 든 다른 숙녀였다!

처음의 놀라움이 가시자 나는 나무 위 은신처에 몸을 감추고 있는 것을 다행으로 생각했다. 도대체 어떻게 된 것일까? 저 숙녀만 이곳으로 오다니. 그 아름다운 아가씨가 꽃을 가지러 왔다면 얼마나 좋았을까? 그렇다면 분명 멋진 역사가 이루어지는 건데! 나는 종내 이 한바탕의 해프닝에 화가 나 미칠 지경이었다.

변장한 여자 정원사가 입을 열었다.

"홀 안이 너무 더워서 숨이 막히더군. 바깥의 아름다운 자연 속에서 머리를 좀 식히고 싶었어."

그녀는 가면으로 연방 부채질을 하면서 마음껏 심호흡을 했다. 밝은 달빛 때문에 나는 그녀의 목에 부풀어오른 힘줄을 또렷이 볼 수 있었다. 그녀는 화가 난 듯 얼굴이 빨갛게 상기되어 있었다. 그 동안 시녀는 잃어버린 바늘이라도 찾는 양 모든 덤불 뒤를 열심히 뒤졌다.

"내 가면에 꽂을 싱싱한 꽃이 꼭 필요한데." 여자 정원사가 말했다. "그 사람이 어디에 숨어 있을까?"

시녀는 수색을 계속하면서 연신 남몰래 킥킥거리며 웃었다.

"무슨 일이지, 로제테?"

여자 정원사가 날카롭게 물었다.

"늘 말씀드린 대로예요." 시녀는 대답하면서 아주 진지하고 충실한 표정을 지었다. "그 세관원은 별수없는 건달이라니까요. 틀림없이 숲속 어딘가에 자빠져 자고 있을 거예요."

순간 나는 당장이라도 뛰어 내려가 명예를 되찾고 싶은 간절한 마음이었다. 그때 갑자기 성 쪽에서 요란한 북소리와 음악 소리, 그리고 사람들의 왁자지껄하는 소리가 들려왔다.

이제 여자 정원사는 더 이상 지체할 수가 없었다.

"손님들이 주인을 위해 만세를 부르는 모양이야." 그녀는 당황한 듯이 말했다. "자 가자꾸나. 사람들이 우릴 찾을지도 몰라!"

그녀는 재빨리 가면을 쓰고 시녀와 함께 그곳을 떠났다. 나무와 숲이 긴 코와 손가락 같은 형상을 하고 재미있다는 듯 그녀의 뒷모습을 가리켰다. 달빛은 피아노 건반 위를 달리듯 그녀의 넓은 야회복 위에서 이리저리 춤을 추었다. 그리하여 그녀는 무대 위의 여가수처럼 나팔 소리와 북소리가 요란한 가운데 재빨리 퇴장해버렸다.

그러나 나무 위에 앉은 나는 도대체 무슨 일이 일어났는지 알 수 없었다. 그저 꼼짝 않고 성 쪽을 응시할 뿐이었다. 아래층 입구의 계단 옆에는 높다란 내풍등(耐風燈)이 원형으로 늘어서 있었고, 그 야릇한 불빛은 창문을 넘어 정원 멀리까지 비쳐 나갔다. 젊은 주인을 위해 막 세레나데를 연주하는 무리는 하인들로 구성된 악대였다. 그들 한가운데에는 멋지게 차려 입은 문지기가 장관 같은 풍채로 보면대 앞에 서서 열심히 바순을 불고 있었다.

내가 그 아름다운 세레나데를 들으려고 막 자리를 고쳐 앉았을 때, 돌연 성 위쪽 발코니의 날개문이 활짝 열렸다. 동시에 늘씬한 키의 귀공자가 군복 차림에 번쩍이는 훈장을 달고 아름답고 당당한 모습으로 나타났다. 그리고 그의 손을 잡고 저 아름다운 아가씨가 밤의 백합처럼 하얀 옷을 입고, 마치 맑은 하늘에 떠 있는 달님처럼 서 있었다.

나는 그 장소에서 시선을 뗄 수 없었다. 정원이고 나무고 잔디 따위는 이제 안중에도 없었다. 그녀는 등불의 조명을 멋지게 받으며 날씬한 자태로 거기 서 있었다. 때로는 멋쟁이 장교와 애교 어린 대화를 나누고, 때로는 밑에서 연주하는 악사들에게 다정히 고개를 끄덕여주었다. 사람들은 모두 기쁨에 들떠 있었다. 나도 결국 더 이상 참지 못하고 사람들과 함께 혼신의 힘을 다해 만세를 불렀다.

그러나 잠시 후 그녀는 발코니에서 사라졌다. 아래쪽의 등불도 하나씩 꺼지고, 보면대도 치워졌다. 정원엔 다시 어둠이 밀려왔으며, 전처럼 나뭇잎이 살랑대는 소리만 들릴 뿐이었다. 그때 나는 문득 알아차렸다. 원래 꽃을 원했던 사람은 나이 든 여자였다는 것, 그 미인은 오래 전에 결혼하여 나 같은 건 생각지도 않았다는 것, 따라서 나 자신은 그야말로 지독한 바보였다는 것을.

이 모든 것이 나를 깊은 사색의 나락으로 몰아넣었다. 나는 고슴도치처럼 생각의 가시에 휩싸였다. 성으로부터는 아직도 춤곡 소리가 간간이 들려왔다. 구름은 쓸쓸하게 어두운 정원 위로 흘러갔다. 나는 올빼미처럼 나무 위에 앉아 행복을 잃은 황량한 마음으로 꼬박 밤을 지새웠다.

선선한 새벽 공기가 마침내 나를 꿈속에서 깨워놓았다. 주위를 둘러보고 나는 적지 않게 놀랐다. 음악과 춤은 오래 전에 끝난 뒤였다. 성 안은 물론 주변의 잔디밭이며 돌계단과 돌기둥 어디 할 것 없이 조용하고 서늘하고 엄숙해 보였다. 입구에 서 있는 분수만이 단조로운 물소리를 내고 있었다. 내 옆 나뭇가지에도 여기저기 새들이 깨어 있었다. 놈들은 알록달록한 깃털을 흔들거나 작은 날개를 펼치면서 흥미롭다는 듯 이상한 잠동무를 바라보았다. 눈부신 아침 햇살이 기분 좋게 일렁이면서 정원을 넘어 나의 가슴 위로 비쳐들었다.

나는 나무 위에서 벌떡 일어나 오랜만에 처음으로 들판 저 멀리를 바라보았다. 포도밭 사이를 흐르는 다뉴브 강에는 어느새 몇 척의 배들이 떠다니고, 텅 빈 국도가 미명의 들판을 다리처럼 가로지르며, 산과 골짜기를 넘어 멀리멀리 이어져 있었다.

 어찌 된 영문이었는지 지금도 모르겠다 — 어쨌든 그때 갑자기 예전의 방랑욕이 다시 찾아왔다. 그 아련한 슬픔, 기쁨, 크나큰 기대, 이 모든 것이 나를 엄습하였다. 동시에, 저 성안의 아름다운 아가씨는 지금쯤 비단 이불을 덮고 꽃에 묻혀 잠들어 있을 것이며, 침대 발치에는 천사가 아침의 적막 속에 앉아 있으리라는 생각이 떠올랐다.

 "그렇다. 나는 이곳을 떠나야 한다" 하고 나는 외쳤다. "영원히, 하늘이 푸른 곳이면 어디까지든!"

 나는 꽃바구니를 공중으로 높이 던졌다. 꽃들이 나뭇가지며 푸른 잔디밭에 흩뿌려진 모습은 정말로 아름다워 보였다. 나는 재빨리 밑으로 내려와 고요한 정원을 지나 숙소로 향했다. 그러나 나 홀로 그녀를 바라보았던 곳, 그녀를 생각하며 누워 있었던 나무 그늘을 지날 땐 자주 걸음을 멈추었다.

 내 숙소의 안팎은 어제 떠났을 때와 똑같았다. 꽃밭은 방치되어 황량하였고, 방안엔 커다란 회계 장부가 펼쳐진 채로 놓여 있었다. 거의 잊을 뻔했던 바이올린은 먼지를 담뿍 쓰고 벽에 걸린 채였다. 그러나 맞은편 창문으로 비쳐든 아침 햇살에 현들이 반짝반짝 빛나고 있었다. 내 마음속에서 참된 음향이 울려왔다. 나는 외쳤다.

 "그렇다. 이리 오너라, 나의 충실한 악기여. 우리의 왕국은 이런 세계가 아니다!"

나는 바이올린을 벽에서 끌어내렸다. 회계 장부, 잠옷, 슬리퍼, 파이프 담뱃대와 양산은 그대로 놔두고, 처음 왔었던 그때의 가난뱅이 모습으로 집을 나서 햇빛이 눈부신 국도 위를 걸어갔다.

나는 자주 뒤를 돌아다보았다. 기분이 아주 이상하였다. 슬프면서도 한편으론 새장을 벗어난 새처럼 마냥 기쁘기도 했다. 꽤 먼 거리를 지난 후 탁 트인 들판에 이르자 나는 바이올린을 켜면서 노래를 불렀다.

사랑하는 하느님께 모두 맡기자,
시냇물, 종달새, 숲과 들까지.
하늘과 땅 모두 주관하시니,
이 몸도 잘 보살펴주소서!

성과 정원과 빈의 탑들이 어느새 아침 안개 속으로 사라져버렸다. 머리 위 창공에는 무수한 종달새들이 지저귀고 있었다. 나는 푸른 산들, 아늑한 마을들을 지나 이탈리아 쪽으로 발길을 재촉했다.

제 3 장

 그러나 이제 문제가 생겼다! 내가 길을 제대로 알지 못한다는 사실을 미처 생각지 못했던 것이다. 이른 새벽이라 주위엔 물어볼 만한 사람도 없었다. 멀지 않은 곳에서 국도가 여러 국도로 다시 갈라지고 있었다. 그것들은 모두 험준한 산을 넘어 세상 밖 멀리까지 이어진 듯, 쳐다보기만 해도 현기증이 났다.

 마침내 한 농부가 다가왔다. 오늘이 일요일이니 교회에 가는 듯싶었다. 커다란 은 단추가 달린 구식 반코트 차림이었는데, 손에 든 등나무 지팡이의 머리에도 은 장식이 되어 있어 먼 곳에서도 햇빛에 반짝반짝 빛을 내었다. 나는 즉시 한껏 예의를 갖춰 물어보았다.

 "실례지만 이탈리아로 가는 길 좀 가르쳐주시겠습니까?"

 농부는 걸음을 멈추고 나를 바라보았다. 그리고 아랫입술을 비죽이 내밀고 생각에 잠기더니 다시 나를 노려보았다. 나는 또 한 번 말했다.

"유자나무가 자라는 이탈리아로 가려고 하는데요."
"네 유자나무가 나와 무슨 상관이야!"

농부는 이렇게 말하고 나서 가던 길을 성큼성큼 걸어갔다. 풍채가 아주 당당하여 예의바른 남자인 줄 알았는데 참으로 당혹스러웠다.

이제 어떻게 한다? 발길을 돌려 다시 고향으로 돌아갈까? 그러면 분명 사람들이 내게 손가락질을 해대겠지. 아이들은 나를 에워싸고 이렇게 말할 거야.

"아, 세상 경험을 하고 오신 분 어서 오세요. 그래, 세상 돌아가는 게 어떻던가요? 우리에게 줄 꿀사탕이라도 가져왔나요?"

세상 물정에 밝은 매부리코 수위가 내게 자주 말했었다.

"이보게 친구, 이탈리아는 아름다운 나라일세. 사랑하는 하느님이 복을 듬뿍 내려주셨다네. 거기선 양지바른 곳에 누워 입을 벌리기만 해도 포도 알이 저절로 입 안에 굴러든단 말일세. 독거미에게 한번 물려보라지. 평생 춤을 배운 적이 없는 사람도 나긋나긋한 몸짓으로 춤을 춰대는 거야."

그렇다, 이탈리아로 가야 한다. 이탈리아로! 나는 기쁨에 넘쳐 소리를 질렀다. 그리고는 이길 저길 따질 것도 없이 발길이 이끄는 길을 잡아 허위단심 달려갔다.

그렇게 한 마장쯤 나아가니, 길의 오른편에 아주 아름다운 과수원이 나타났다. 나뭇가지와 나뭇등걸들 사이로 아침 햇살이 명랑하게 비쳐들어 잔디밭은 마치 황금의 융단을 깔아 놓은 것 같았다. 주위에 사람들이 보이지 않기에 나는 낮은 울타리를 넘어 들어가 한 사과나무 밑 잔디 위에 기분좋게 드러누웠다. 지난밤 나무 위에서 잔 때문에 아직도 온몸이 쑤셨다. 그곳에선 들판 저 멀리까지 볼 수 있었다.

마침 일요일이어서 멀리서부터 들려오는 종소리가 고요한 들을 지나 들려왔고, 잘 차려 입은 시골 사람들이 목장과 숲 사이 여기저기에서 교회로 가고 있는 모습이 보였다. 나의 마음은 기쁨에 넘쳤다. 머리 위 나무 속에서는 새들이 지저귀었다. 나는 물방앗간과 성의 정원과 아름다운 아가씨를 생각했다. 이것들은 모두 머나먼 곳에 있었다.

나는 결국 잠이 들었다. 그리고 꿈을 꾸었다. 그 아름다운 아가씨가 멋진 풍경 속에서 나타나 내게 내려왔다. 아니면 종소리를 따라 서서히 날아왔는지도 모른다. 흰색의 긴 면사포가 아침 햇살 속에서 나부꼈다. 우리는 전혀 낯선 곳에 있는 것 같지 않았다. 고향의 물방앗간 옆 깊은 나무 그늘 속 같았다. 그러나 주위는 고요하고 텅 비어 있었다. 일요일이라 모두 교회에 간 모양이었다. 오르간 소리만 나무들 사이로 울려와 내 마음을 슬프게 했다. 아름다운 아가씨는 그러나 아주 상냥하고 다정했다. 내 손을 잡고 함께 걸으면서 외로움을 달래주려는 양 아름다운 노래를 불렀다. 이른 아침마다 창가에서 기타 소리에 맞추어 부르던 노래였다. 그녀의 모습은 고요한 연못 위에도 비쳤다. 그것은 몇 배나 더 아름다웠다. 유난히 큰 그녀의 눈동자가 어찌나 나를 뚫어지게 바라보는지 나는 거의 두려움을 느낄 지경이었다. 그때 갑자기 물방아들이 돌기 시작했다. 처음엔 하나씩 천천히 돌아가더니 점점 빨리, 점점 요란하게 덜커덩거렸다. 연못이 어두워지면서 잔물결을 일으켰다. 아가씨의 얼굴이 몹시 창백해졌다. 그녀의 면사포가 점점 길어져서는 안개 자락처럼 긴 띠를 이루고 하늘 높이 나풀대며 솟아올랐다. 나부끼는 소리가 점점 요란해져, 마치 그 속에서 문지기가 그의 바순을 불고 있는 것 같았다. 나는 마침내 격심한 심장의 고통을 느끼며 잠에서 깨어났다.

그동안 바람이 정말로 불긴 불었었다. 내 머리 위 사과나무가 가볍게 흔들리고 있었다. 그러나 요란한 소리를 내며 소란을 피운 것은 물방아도 문지기도 아닌 조금 전에 이탈리아 가는 길을 물었던 바로 그 농부였다. 그는 어느새 나들이옷을 벗고 하얀 셔츠 차림으로 내 앞에 서 있었다. 나는 잠이 덜 깬 눈을 비볐다.

"흠, 여기서 유자나무를 찾고 있는 모양이지." 그가 말했다. "교회에도 가지 않고 남의 잔디밭만 망쳐놓다니, 건달 녀석 같으니라고!"

나는 단잠을 깨운 이 무뢰한에게 화가 났다. 나는 자리에서 벌떡 일어나 속사포같이 쏘아댔다.

"뭐라고요? 지금 날 욕하는 건가요? 이래봬도 난 정원사에 세관원까지 지냈단 말예요. 당신이 읍내에 나오면 내 앞에서 그 지저분한 모자를 벗어야 할걸요. 내겐 집도 있고, 점 무늬가 있는 빨간 잠옷도 갖고 있단 말예요."

그러나 이 무뢰한은 눈도 깜짝하지 않은 채 양손을 허리에 얹고 단호하게 말했다.

"그래서 어쨌다는 거지? 후후!"

이제 보니 그는 키 작은 땅딸보에 안짱다리였다. 튀어나온 개구리 눈과 약간 휘어진 딸기코를 하고 있었다. 그는 후! 후! 소리를 연발하면서 한걸음한걸음 내 앞으로 다가왔다. 그러자 갑자기 묘한 두려움이 나를 엄습하였다. 나는 재빨리 몸을 돌려 울타리를 뛰어넘었다. 그리고 뒤도 돌아보지 않고 들판을 가로질러 내달렸다. 보따리 속에 든 바이올린이 연방 소리를 내었다.

마침내 걸음을 멈추고 숨을 돌렸을 때, 과수원과 골짜기는 더 이상 보이지 않았다. 대신 나는 아름다운 숲 속에 서 있었다. 그러나 풍경이 별로 눈에 들어오지 않았다. 아까 일을 생각하니 은근히 부아가 치밀어올랐다. 내게 이녀석 저녀석 하던 게 생각나 한동안 속으로 그에게 욕을 퍼부었다. 그런 생각에 몰두하며 걸음을 재촉한 나는 이윽고 국도를 벗어나 산속 길로 접어들었다. 한참 걸어가니 산길이 끝나고, 별로 사람 다닌 흔적이 없는 작은 오솔길이 앞에 나타났다. 주위에

인적은 끊겼고 아무 소리도 들리지 않았다. 그러나 나의 행보는 즐거웠다. 우듬지들이 바람에 수런거리고, 새들은 아름답게 노래했다. 나는 하느님의 지시에 따라 바이올린을 꺼내 내가 좋아하는 곡을 모두 연주하였다. 쓸쓸한 숲 속에 정말 즐거운 음악 소리가 흘러넘쳤다.

그러나 연주는 오래 계속될 수가 없었다. 매번 나무뿌리에 걸려 넘어질 뻔한 데다가 이윽고 배가 고파왔던 것이다. 숲은 좀처럼 끝나려 하지 않았다. 나는 온종일 헤매고 다녔다. 마침내 조그만 계곡으로 빠져 나왔을 때는 어느덧 태양이 나뭇등걸 사이에 기울고 있었다. 그 계곡은 산에 둘러싸여 있었다. 빨강, 노랑 꽃들이 가득 피어 있는 가운데 무수한 나비들이 황혼 빛을 받으며 날아다녔다.

이곳은 너무나 고적하여 바깥 세상으로부터 수백 마일이나 떨어진 듯한 기분이었다. 여치들의 울음 소리만 요란한데, 저편 무성한 풀밭 속에 목동 하나가 누워 피리를 불고 있었다. 그 음조가 너무나 애틋하여 내 가슴이 슬픔으로 터질 것만 같았다. 그렇다, 하고 나는 혼자 생각했다. 방랑아보다 멋진 사람이 누굴까? 우리들은 낯선 곳을 방황하면서 항상 새로운 세계를 호흡하는 것이다.

목동과 나 사이엔 맑은 개울이 놓여 있었다. 나는 건널 수가 없어 멀리에서 그를 향해 외쳤다.

"다음 마을은 어느 쪽에 있나요?"

그러나 그는 방해받고 싶지 않은 모양이었다. 풀밭 위로 머리를 약간 내밀더니 피리로 저편 숲 쪽을 가리켰다. 그리고 다시 조용히 피리 불기를 계속하였다.

나는 부지런히 발길을 재촉했다. 이미 주위가 어두워지고 있었다. 저녁 햇살이 숲속에 어른거릴 때만 해도 소란하게 지저귀던 새들이 갑자기 조용해졌다. 끊임없이 술렁대는 쓸쓸한 숲 속을 거닐자니 두려움마저 느껴졌다. 이윽고 멀리에서 개 짖는 소리가 들려왔다. 나는 걸음을 더 빨리했다. 숲이 점점 밝아지더니 나무들 사이로 아름답고 푸른 공터가 눈에 들어왔다. 그곳에선 많은 아이들이 왁자지껄 떠들면서 한가운데 서 있는 커다란 보리수나무 둘레를 빙빙 돌고 있었다. 공터 옆에 주막이 하나 있었다. 마당에는 농부 몇 명이 테이블 주위에 둘러앉아 담배를 피우며 카드놀이에 여념이 없었다. 저편 문 앞에는 총각들과 앞치마를 두른 처녀들이 시원한 그늘에 앉아 이야기를 나누고 있었다.

나는 오래 생각할 필요도 없이 보따리에서 바이올린을 꺼냈다. 그리고 숲을 걸어나오며 빠른 속도로 명랑한 민속곡을 연주하였다. 숲속에서 울려오는 음악 소리를 듣고 처녀들은 놀라워했고 노인들은 폭소를 터뜨렸다. 나는 보리수나무까지 나아가 거기에 등을 기대고 연주를 계속하였다. 그러자 젊은이들 사이 여기저기에서 수군거리는 소리가 들렸다. 결국 총각들은 피우던 담뱃대를 내던지고 각자의 짝들을 골라 잡았다. 눈 깜짝할 사이에 나의 둘레를 젊은 무리들이 신명 나게 돌고 있었다. 개들이 짖어대고 저고리들이 펄럭였다. 아이들은 원을 그리며 날 에워싸고는 내 얼굴과 열심히 연주하는 손가락을 호기심에 차 바라보았다.

첫번째 춤곡이 끝났을 때, 나는 비로소 깨달았다. 좋은 음악이란 뭇사람들의 사지를 나긋나긋하게 만든다는 사실을. 조금 전까지 담뱃대나 물고 벤치에 기대어 뻣뻣한 다리를 뻗고 있던 총각들이 갑자기 돌변하였다. 형형색색의 손수건을 단춧구멍에 넣어 길게 드리우고 희희낙락 멋지게 처녀들의 둘레를 돌아갔다.

춤 솜씨를 마냥 뽐내던 친구 하나가 남들이 보라는 듯 오랫동안 주머니를 뒤적거렸다. 이윽고 조그만 은화 한 닢을 꺼내 내 손에 쥐어주려 하였다. 주머니가 비어 있긴 했지만, 나는 화를 내었다. 그런 돈일랑 넣어두라고, 나는 그저 사람들을 만난 게 너무 기뻐서 연주했던 것이라고 말했다. 그러자 곧 곱게 차려 입은 처녀가 커다란 포도주 잔을 들고 왔다.

"음악가들은 술을 좋아한다지요?"

그녀는 다정하게 말하면서 까르르 웃었다. 백옥 같은 치아가 붉은 입술 사이에서 반짝이는 게 그 위에 입을 맞춘다면 얼마나 좋으랴 싶었다. 그녀는 유리잔 너머로 눈을 반짝이며 바라보더니, 자신의 입술을 살짝 잔에 대었다. 나는 술잔을 받아 말끔히 마셔버렸다. 그리곤 다시 신나게 연주를 계속했고, 모두들 유쾌하게 내 둘레를 춤추며 돌았다.

그 동안 나이 먹은 사람들은 카드놀이를 중단하였다. 젊은 이들도 피곤해지자 뿔뿔이 흩어졌다. 주막 앞은 점차 조용해지더니 텅 비어버리고 말았다. 내게 포도주를 권했던 처녀 역시 마을 쪽으로 향하고 있었는데, 아주 천천히 걸어가면서 무언가 잊은 것이 있는 양 이따금 뒤를 돌아다보았다. 결국은 걸음을 멈추고 땅 위에서 무언가를 찾고 있었다. 그러나 나는 잘 알았다. 그녀가 몸을 굽힐 때마다 겨드랑이 사이로 나를 훔쳐보고 있다는 사실을. 성에 있을 때 나는 생활 예절을 어느 정도 익혔던 터였다. 나는 재빨리 그녀에게 달려가 물었다.

"뭘 잃으셨나요, 아가씨?"

"아, 아니에요." 그녀는 말하면서 얼굴이 점점 붉어졌다. "장미꽃이에요. 이걸 드려도 될까요?"

나는 감사를 표하고, 꽃을 단춧구멍에 꽂았다. 그녀는 나를 아주 다정한 눈으로 바라보면서 말했다.

"당신은 바이올린을 썩 잘 켜던데요."

"예" 하고 나는 대답했다. "하느님이 내려준 선물이죠."

"이 마을엔 음악가들이 아주 귀해요." 그녀는 말을 계속하는 동안 줄곧 눈을 내리깔고 있었다.

"당신은 이곳에서 돈을 꽤 벌 수 있을 거예요. 우리 아빠도 바이올린을 좀 켤 줄 아세요. 그리고 낯선 사람의 이야기를 듣는 걸 좋아하신답니다. 우리 아빤 아주 부자예요."

그녀는 깔깔 웃으면서 계속하였다.

"바이올린을 켤 때 어쩌면 그렇게 얼굴을 찡그리세요?"

"아름다운 아가씨," 하고 나는 말을 받았다. "우선 너무 깍듯한 존댓말을 말아주세요. 그리고 연주할 때 얼굴을 찡그리는 건 우리 같은 대가들의 습관이지요."

"아하 그렇군요!" 처녀는 고개를 끄덕였다.

그러나 그녀가 무슨 말인가를 더 하려고 했을 때, 돌연 주막 안에서 요란한 소리가 들렸다. 덜커덕 하면서 문이 열리더니 깡마른 남자 하나가 버려지는 나무토막처럼 내팽개쳐졌다. 그리고 곧 그의 등뒤에서 쿵 하고 문이 닫혔.

처녀는 소리가 나기 무섭게 노루처럼 뛰어 어둠 속으로 사라지고 말았다. 문밖의 사내는 땅에서 벌떡 일어나더니 주막을 향해 속사포처럼 욕지거리를 퍼붓기 시작했다.

"뭐가 어쩌고 어째!" 그는 악을 썼다. "내가 취했다고? 내가 외상 술값을 안 갚았단 말이지? 안 갚긴 왜 안 갚아? 문짝 위에 분필로 그어놓은 외상 표시를 없애란 말이야! 어제 내가 네놈의 입에 나무 숟가락을 물리고 이발을 해주지 않았냐?[2] 그러다가 코를 좀 베었다고 숟가락을 두 동강내어버렸

---

2) 옛날 이발사들은 이빨 빠진 남자들의 수염을 깎을 때, 쏙 들어간 뺨을 볼록 튀어나오게 하려고 숟가락을 입에 물렸다.

지? 이발값, 숟가락값, 거기에 콧등에 발라준 고약값 — 이 정도면 외상값을 충분히 갚은 거 아니냐고. 도대체 그 엉터리 외상 표시로 얼마나 더 울궈내려는 거야? 그렇다면 좋다 이거야. 내가 이 마을 놈들에겐 절대 이발을 해주지 않을 테니까. 어디 텁수룩한 수염을 달고 다녀보라지. 심판의 날에 하느님도 누가 유대인이고 누가 기독교인지 알지 못할 테니까. 그래, 수염을 너덧 발 길러서 털북숭이 곰처럼 휘젓고 다니려무나!"

그는 갑자기 비탄에 찬 울음을 터뜨리더니, 동정심을 유발하는 목소리로 말을 계속하였다.

"가여운 물고기처럼 물이나 빨고 있으란 말인가! 이게 이웃에 대한 사랑이냐? 나는 인간이 아니란 말이냐? 이래봬도 난 말이야 유능한 군의관이었다구. 아 오늘은 정말 울화통이 터지는구먼. 내 마음은 벅찬 감동과 인류애로 가득 차 있건만!"

큰소리를 치면서도 그는 점차 위축되어갔다. 주막으로부터 일언반구의 반응도 없었던 것이다. 그는 나를 보자 두 팔을 활짝 벌리고 달려들었다. 이 미치광이가 무슨 해코지를 할지 몰라 나는 껑충 뛰면서 몸을 피했다. 그는 계속해서 비틀거렸다. 그리고 여전히 어둠 속에서 혼자만의 논설을 늘어놓았다. 때로는 격하게, 때로는 부드럽게.

내 머릿속엔 갖가지 생각이 맴돌았다. 좀전에 장미꽃을 선사한 처녀는 젊고 아름답고 또 부자였다. 어쩌면 손바닥을 뒤집는 것보다 쉽게 행복을 거머쥘 수 있을지 몰랐다. 양, 돼지, 칠면조에 사과를 채워 넣은 살진 거위 고기가 눈에 어른거렸다. 그렇다. 저 문지기 영감이 내게 나타나 이렇게 말하는 것 같았다.

"붙잡게나, 세관리군. 꼭 잡아야 하네. 일찍 결혼해서 후회한 사람은 아무도 없다네. 저 색시를 얻는 자는 행운아일세. 시골에 눌러앉아 몸보신이나 실하게 하라고."

이런 철학적 생각에 골몰하면서 나는 아주 외진 장소의 한 바위 위에 주저앉았다. 여관 문을 두드릴 엄두도 나지 않았다. 수중에 땡전 한 푼 남아 있지 않았던 것이다. 달이 아름답게 빛났다. 산으로부터 숲들의 수런대는 소리가 밤의 정적을 뚫고 들려왔고, 마을에서는 이따금 개들이 짖어대었다. 멀리 골짜기에 자리잡은 마을은 수목과 달빛에 뒤덮여 있는 것 같았다.

나는 창공을 우러러보았다. 몇 조각 구름이 달빛 속을 천천히 흐르고 있었다. 이따금 먼 하늘 저편에서 별똥별이 떨어져 내렸다. 나는 생각했다. 저 달은 아버지의 물방앗간과 하얀 백작의 성을 동시에 비춰주고 있겠지. 성엔 지금쯤 모든 것이 적막에 빠져 있을 거야. 아름다운 아가씨는 꿈속을 헤맬 것이고, 정원의 분수와 나무들은 여전히 속삭임을 그치지 않고 있겠지. 결국은 마찬가지로구나. 내가 그곳에 있든, 낯선 고장에 있든, 아니면 죽어버리든. 그러자 갑자기 세계가 엄청 크게 느껴졌다. 그 속에서 나는 완전히 외톨이였다. 나는 가슴을 치며 울고 싶었다.

 한참을 그렇게 앉아 있는데, 갑자기 멀리 숲속으로부터 말발굽 소리가 들려왔다. 나는 숨을 멈추고 귀를 기울였다. 그 소리는 점점 가까이 다가왔다. 어느새 말이 내뿜는 콧김 소리까지 들을 수 있게 되었다. 곧 말에 탄 두 사람의 모습이 나무들 사이로 나타났다. 그들은 숲 언저리에 멈춰 서서는 무언가 은밀한 이야기를 열심히 나누고 있었다. 그들의 그림자가 달빛 쏟아지는 공터 위에 드리워졌다. 길고 검은 팔들이 때로는 이편을 때로는 저편을 가리키고 있었다. 돌아가신 어머니께서 무서운 산적 이야기를 들려주실 때마다, 나는 자주 그 이야기를 실제로 겪어봤으면 하고 바랐었다. 이제 그 어리석고 건방진 생각에 대한 벌을 받는 것일까!

 나는 앉아 있던 보리수나무로부터 살며시 몸을 일으켰다. 그리고 가장 낮게 드리운 가지에 손이 닿자 재빨리 몸을 날렸다. 우선 몸의 절반을 나뭇가지에 걸친 후 즉시 두 다리를 끌어올리려고 하였다. 그때 말 탄 사람 중 하나가 공터를 지나 내 뒤편으로 다가왔다. 나는 눈을 꼭 감고 어두운 나뭇잎 속에서 미동도 하지 않았다.

"거 누구요?"

 바로 등뒤에서 갑자기 그가 외쳤다.

"아무도 아니오!"

그가 나를 발견했구나, 하는 두려움에 떨면서 나는 있는 힘을 다해 외쳤다. 그러나 속으론 슬며시 웃음이 나왔다. 녀석들이 내 빈 주머니를 뒤지면 얼마나 실망할까를 생각하니까.

"어이, 어이," 하고 그 산적이 다시 말했다. "여기 늘어선 두 다리가 누구 것이지?"

이제는 별수없었다.

"누구 거긴 누구 거?" 나는 대답했다. "길 잃은 불쌍한 음악가의 다리지요."

나는 날렵하게 땅 위로 내려왔다. 부러진 포크처럼 나뭇가지에 매달려 있는 모습이 창피하기도 했던 것이다.

내가 불쑥 나무에서 뛰어내리자 말이 놀라서 뒷걸음질을 쳤다. 그는 말의 목덜미를 툭툭 쳐주고는 웃으면서 말했다.

"우리도 길을 잃었소. 그러고 보니 우린 좋은 길동무가 되겠군요. 그래서 생각한 건데, B로 가는 길을 좀 찾게 해주시오. 당신에게 해로운 일은 아닐 테니까."

나는 고백할 수밖에 없었다. B가 어디에 있는지조차 모른다고. 차라리 마을로 내려가 주막집에서 물어보는 게 어떠냐고. 그러나 녀석은 분별 있는 사람이 아니었다. 허리춤에서 천천히 권총을 빼들었다. 그것은 달빛을 받아 아름답게 반짝였다.

"이봐 친구." 그는 총구를 닦기도 하고, 검사하듯 눈에 갖다 대기도 하면서 아주 다정하게 말했다. "자네가 B까지 앞

장서줬으면 고맙겠네."

 이제 일은 난처하게 되고 말았다. 안내한 길이 맞으면 영락없이 산적떼와 만날 것이요, 주머니가 텅텅 비었으니 홈씬 두들겨 맞을 게 뻔했다. 길이 틀리게 되면 그야 물론 또 몽둥이찜질감이었다. 따라서 나는 깊이 생각지 않기로 하였다. 주막집 옆을 지나 마을을 떠나는 첫번째 길을 선택하였다. 말 탄 자는 재빨리 동행인에게 되돌아갔다. 그리고 나서 둘은 얼마간 거리를 유지하면서 천천히 내 뒤를 따라왔다.

 이렇게 우리 일행은 우스꽝스럽게도 운을 하늘에 맡기고 달빛 휘황한 밤길을 걷어가게 되었다. 길은 줄곧 숲속의 비탈길을 휘돌아 나갔다. 이따금 위로 솟아 어둠 속에 흔들리는 전나무 가지 너머로 멀리 깊고 고요한 골짜기들이 보였다. 여기저기에서 나이팅게일이 울고, 멀리 마을로부터는 개 짖는 소리가 들려왔다. 한 줄기 시냇물이 끊임없이 졸졸거리며 깊은 계곡을 흘러가다가 이따금 달빛을 받아 반짝 빛나기도 했다.

 단조로운 말발굽 소리, 낯선 말로 주고받는 두 사람의 잡담과 시끌벅적한 소리, 그리고 밝은 달빛뿐. 나뭇등걸의 긴 그림자들이 말 탄 이들을 교대로 따라왔기 때문에 그들이 때로는 어둡게, 때로는 밝게, 때로는 작게, 때로는 거대한 모습으로 보였다. 내 머리는 혼란스러웠다. 꿈속을 헤매는 양 깨어날 수가 없을 것 같았다. 그러나 나는 기운차게 걸어나갔다. 그러면서 생각했다. 결국 숲이 끝날 것이고, 그때쯤이면 밤 역시 끝나게 되리라고.

마침내 붉은 기운이 다시금 하늘 위에 길게 드리워졌다. 그것은 거울 위에 부는 입김처럼 소리 없이 나타났다. 고요한 골짜기 위에선 어느새 종달새들이 지저귀고 있었다. 이 아침 인사를 받자 내 마음도 홀연 밝아졌으며, 모든 두려움이 사라져버렸다.

그러나 말 탄 두 사람은 목을 빼어 사방을 두리번거렸다. 이제야 그들은 길을 잘못 들었다는 걸 눈치챈 모양이었다. 그들은 다시 한참 지껄여대었다. 아마도 내 이야기를 하는 것 같았다. 아니, 나를 경계하기 시작하는 것 같았다. 그들에게 길을 잃게 하려고 몰래 숨어 있던 산적이나 되는 듯이. 내겐 그것이 재미있었다. 주위가 밝아올수록 더 많은 용기가 솟아올랐다. 숲의 아름다운 빈 터로 막 나오게 되니 더욱 그랬다. 나는 거칠게 주위를 둘러보면서 손가락을 입에 넣어 몇 차례 휘파람을 불기도 하였다. 서로 신호를 주고받는 불량배처럼.

"멈춰라!" 갑자기 그 중 한 명이 소리쳤다.

나는 깜짝 놀라서 뒤를 돌아다보았다. 그들은 말에서 내려 말들을 나무에 묶고 있었다. 한 명이 재빨리 내게 다가와 뚫어져라 얼굴을 들여다보았다. 그러더니 갑자기 허리를 잡고 웃기 시작하였다. 솔직히 말해서 나는 그 몰상식한 웃음에 화가 났다.

그러나 그가 말했다.

"분명해. 이 친구는 정원사야. 아니, 성의 세관원이라는 편이 낫겠지!"

나는 눈을 크게 뜨고 그를 바라보았다. 그러나 누군지 기억해낼 수가 없었다. 이따금 성에서 말을 타는 신사들을 눈여겨볼 수는 없었으니 말이다.

그는 웃음을 그치지 않으면서 말을 계속했다.

"이것 참 희한하구먼! 보아하니 별 할일도 없어 보이는군. 우리에게 마침 시중 들 사람이 필요한데…… 우리와 동행한다면, 영원한 휴가를 얻게 될 걸세."

나는 잠시 어안이벙벙하였다. 그리곤, 결국 이탈리아로 가는 중이라고 말했다.

"이탈리아로?!" 그 낯선 사내가 말했다. "바로 그곳으로 우리도 가는 중일세!"

"그렇다면 여부가 있겠습니까?"

나는 소리쳤다. 그리고 기쁨에 넘쳐 바이올린을 꺼내 연주했다. 숲속의 새들이 모두 깨어날 정도로 신명나게. 그 신사는 재빨리 다른 신사에게 달려갔고, 함께 미친 듯이 잔디 위를 춤추면서 돌았다. 그러다가 갑자기 그들은 동작을 멈추었다.

"이런 세상에," 그들 중 하나가 외쳤다. "저기 보이는 게 B

마을의 교회탑 아니야! 자, 당장 아래로 내려가자고."

그는 시계를 꺼내어 시간을 맞추었다. 그러나 머리를 흔들면서 말했다.

"아니야. 그래선 안 되지. 너무 일찍 도착하는 건 별로 좋지 않을 거야!"

그들은 말에 실었던 케이크, 빵, 포도주 병 들을 내렸다. 아름답고 화려한 보자기를 푸른 잔디밭 위에 펼쳐놓고, 그 위에 앉아 멋진 성찬을 즐겼다. 내게도 많이 나누어주었는데, 며칠째 제대로 배를 채우지 못했던 나에겐 그야말로 꿀맛이었다.

"자네 정말 우리를 모르겠나?"

한 명이 내게 물었다. 나는 머리를 흔들었다.

"그렇다면 소개를 해야겠구먼. 나는 화가 레온하르트일세. 그리고 저분 역시 화가로 귀도라고 하네."

나는 아침 햇빛 덕분에 두 화가의 모습을 더 똑똑히 볼 수 있었다. 레온하르트 씨는 크고 늘씬했으며, 눈은 타는 듯하면서도 명랑한 갈색이었다. 또 한 사람은 훨씬 젊고 체격도 작아 섬세해 보였다. 그는, 문지기 영감이 말한 바 있는 옛 독일풍의 옷차림을 하고 있었다. 흰 깃에 하얀 목덜미 — 그 주위에 암갈색의 고수머리가 드리워 있었는데, 잘생긴 얼굴로부터 머리카락을 자주 쓸어 올렸다.

그는 아침 식사를 마치자 내 곁에 놓여 있는 바이올린을 집어들었다. 그리고 베어 넘어진 나뭇등걸에 앉아 손가락을 갖고 연주하였다. 그는 숲속의 새처럼 명랑한 노래까지 연주했는데, 내 마음을 온통 울리기에 충분하였다.

아침 햇살이 날개를 달고
안개 낀 골짜기로 퍼져 나간다.
숲과 언덕, 잠에서 깨어나니
날 수 있는 자, 날개를 펴라!

하늘 높이 모자를 던져라.
기쁨에 넘쳐 환호하노라.
노래에도 날개가 있으리니
나는 즐겁게 노래하련다!

불그레한 아침 햇살이 다소 창백한 그의 얼굴과 사랑스런 검은 눈동자 속을 비춰주었다. 그러나 나는 너무나 피곤하여 가사도 곡조도 귀에 들어오지 않았다. 그가 노래 부르는 동안 점점 혼미해지다가 결국 깊은 잠에 떨어지고 말았다.

점차 의식이 되돌아오면서 나는 꿈속에서인 양 두 화가가 내 곁에서 주고받는 대화며 머리 위의 새들이 지저귀는 소리를 들었다. 아침 햇살이 내 감긴 눈 속으로 스며들었다. 마치 태양이 붉은 비단 커튼을 통해 비치듯 눈 안이 흐릿하게 밝아왔다.

"참으로 아름다운 젊은이로군" 하고 감탄하는 소리가 바로 귓전에서 들려왔다.

나는 눈을 떴다. 그 젊은 화가가 빛나는 아침 햇살 속에서 나를 굽어보고 있었다. 드리워진 고수머리 사이에서 크고 검은 눈동자만 보이는 것 같았다.

나는 자리를 박차고 일어났다. 어느새 날이 환히 밝아 있었던 것이다. 레온하르트 씨는 짜증이 난 듯하였다. 이마에 내 천(川)자를 그리면서 출발을 재촉하였다. 그러나 다른 화가는 말에 안장을 얹는 동안 고수머리를 한들대면서 나직이 노래를 웅얼거렸다. 결국 레온하르트가 갑자기 껄껄 웃음을 터뜨렸다. 그리고 재빨리 잔디밭에 놓여 있는 술병을 집어들고 남은 술을 꿀꺽꿀꺽 마셨다.

"우리의 멋진 도착을 위해!"

그가 외쳤다. 그들은 술잔을 부딪치며 아름다운 소리를 냈다. 그런 다음 레온하르트는 밝아오는 아침 하늘을 향해 빈 병을 내동댕이쳤다. 그것은 공중에서 아름답게 반짝거렸다.

마침내 그들은 말 위에 올랐다. 나는 그들 옆에서 힘차게 행진해 나갔다. 우리 앞에는 일망무제의 골짜기가 놓여 있었다. 우리는 그곳으로 내려갔다. 거기엔 빛과 어둠, 소란스러움과 환호성이 함께 있었다. 신선하고 명랑한 기운이 감도는 게 마치 산으로부터 아름다운 도원경 속으로 날아드는 것 같았다.

제 4 장

 잘 있거라, 물방앗간과 성과 문지기 영감이여!

 이제 나는 귓전에 씽씽 바람을 받으며 달려갔다. 오른쪽, 왼쪽으로 마을과 도시와 포도밭들이 눈앞에 어른거리다가는 지나갔다. 내 뒤편 마차 안에는 두 화가가 앉아 있고, 내 앞에선 네 필의 말이 달리고 있었다. 나는 멋쟁이 마부와 함께 마부석 위에 높직하게 앉아 있다가 이따금 한 뼘쯤 공중으로 펄쩍 튕겨 오르곤 했다.

 그간의 경위는 이러하였다. 우리가 B에 도착했을 때, 마을 어귀에는 어느새 괴깔천으로 된 치마를 입은 키가 크고 깡마른 신사 한 명이 마중 나와 있었다. 그는 두 화가에게 여러 차례 절을 한 후 우리를 마을로 안내하였다. 그곳 우편역 앞 보리수나무 밑에는 네 필의 말이 끄는 멋진 역마차가 서 있었다. 오는 도중에 레온하르트 씨는, 내 옷이 너무 낡았다고 말했다. 그는 재빨리 옷 가방에서 다른 옷 하나를 꺼냈다. 그리하여 나는 아름다운 새 연미복에 조끼를 입게 되었다. 그것은 내 얼굴과도 어울리는 썩 고상한 옷이었지만, 다만 너무 커서 내 몸통을 헐렁하게 감싸고 있는 듯하였다. 새 모자도 하나 얻어 썼는데, 싱싱한 버터를 발라놓은 듯 햇빛 속에서 번쩍거렸다. 그 낯설고 꼬장꼬장해 보이는 신사가 화가들이 타고 온 말의 고삐를 쥐자, 두 사람은 마차 속으로 몸을 던졌다. 내가 마부석에 오르자 마차는 나는 듯 출발하였다. 아직도 잠모자를 쓴 역장이 창밖을 빠끔히 내다보고 있었다. 마부는 유쾌하게 뿔피리를 불어대었다. 우리는 이탈리아를 향해 기운차게 나아갔다.

마부석에서 보낸 나날은 정말 멋졌다. 창공의 새와 같았지만 스스로 날 필요는 없었다. 나는 밤낮없이 마부석에 앉았다가 이따금 주막에 다다르면 먹을 것과 마실 것을 나르면 그만이었다. 화가들은 어느 곳에도 들르지 않았고, 낮에는 일사병이 두려운 듯 문을 꽁꽁 닫았다. 이따금 귀도 씨만이 그 잘생긴 얼굴을 창밖으로 내밀면서 나와 다정하게 이야기를 나누었다. 그리곤 방해받기 싫어하는 레온하르트 씨를 은근히 나무랐는데, 그때마다 레온하르트 씨는 우리의 긴 잡담에 화를 내었다.

나도 곧 두세 번 주인의 핀잔을 받았다. 한번은 별이 빛나는 아름다운 밤 바이올린을 켜기 시작했을 때였다. 그리고 또 하나는 잠 때문이었다. 내가 생각해봐도 놀라운 일이었다! 이탈리아를 똑똑히 볼 욕심으로 나는 그야말로 매 십오

분마다 눈을 부릅뜨곤 했다. 그러나 잠시 앞을 내다보고 있 노라면, 열여섯 개의 말발굽이 직물을 짜듯 이리저리 위아래로 움직이면서 나를 완전히 어지럽게 만들었다. 그러면 아무리 용을 써도 두 눈이 스르르 감기면서 결국 깊은 잠에 푹 빠져버리고 마는 것이었다. 낮이든 밤이든 비가 오든 햇빛이 비치든 상관이 없었다. 그게 티롤이든 이탈리아든 알 바 아니었다. 왼쪽으로, 오른쪽으로, 마부석의 뒤쪽으로 튀어올랐고, 심지어는 이따금 풀썩 엎어져 바닥에 코를 박기도 했다. 모자가 머리에서 날아가 마차 안의 귀도 씨가 고함을 지를 지경이었다.

그리하여 나도 모르는 사이에, 사람들이 롬바르디아라고 부르는 이탈리아 땅으로 들어오게 되었다. 우리는 어느 아름다운 저녁 이 고장의 한 여인숙 앞에 마차를 멈추었다. 갈아타게 될 우편 마차가 몇 시간 후에나 도착할 예정이었기 때문에 화가들은 마차에서 내려 특실로 안내받았다. 그곳에서 잠시 쉬면서 몇 통의 편지를 쓸 생각이었다.

나는 너무나 기분이 좋아 즉시 술청 안으로 들어갔다. 나 역시 휴식을 취하며 마음껏 먹고 마시고 싶었기 때문이었다. 그곳은 꽤 혼잡해 보였다. 여급들은 머리카락을 흩뜨린 채 이리저리 돌아다녔다. 갈색 피부 위에 숄이 단정치 못하게 걸쳐 있었다. 한 둥근 탁자에서는 이 집의 하인들이 푸른 상의를 걸치고 저녁을 먹고 있었다. 그들은 이따금 내 쪽을 흘금흘금 쳐다보았다. 모두 짧고 숱이 많은 머리카락을 하고 있어서 마치 고귀한 귀공자들처럼 보였다.

'마침내 너는 이곳에 왔구나' 하고 생각하면서 나는 부지런히 먹기를 계속했다. '이 나라에서 온 재미있는 사람들이 늘 우리 목사님께 쥐덫이며 온도계며 그림들을 들고 왔었지. 자, 따뜻한 난롯가를 떠나온 이상 무슨 일이든 모두 체험해 봐야지!'

내가 식사를 하는 동안 생각에 몰두하고 있는데, 술청의 어두운 구석에서 포도주를 마시던 땅딸보 하나가 자리를 떠나 거미처럼 불쑥 내게 다가왔다. 아주 키가 작은 곱사등이였다. 그러나 머리는 엄청나게 컸으며, 긴 매부리코에다 빨간 콧수염이 성글게 났고, 기름 바른 머리카락은 마치 폭풍이라도 맞은 듯 사면팔방으로 곤두서 있었다. 유행에 뒤떨어진 퇴색한 연미복에 짧은 벨벳 바지를 입고, 거기에 아주 샛노란 비단 양말을 신고 있었다.

그는 한때 독일에 거주한 적이 있었던지 독일어를 제법 구사하는 양 거들먹거렸다. 내 곁에 앉아서는 때로는 이것을, 때로는 저것을 물어보면서 끊임없이 담배를 피워대었다. 당신, 시종이오? 언제 출발할 거요? 로마로 가는 길이오? 등등. 그러나 나 자신도 이 모든 일을 알지 못했다. 게다가, 이탈리아어와 독일어가 뒤섞인 말을 도저히 이해할 수가 없었다.

"당신 불어 할 줄 아슈?" 마침내 나는 화가 나서 불어로 말했다. 그는 커다란 머리를 흔들었다. 나는 기분이 무척 좋았다. 나 역시 불어를 할 수 없었기에 말이다. 그러나 모든 게 소용없었다. 날 표적으로 찍어놓은 게 틀림없었다. 그는 묻고 또 물었다. 우리는 이야기를 하면 할수록 더욱 상대방을 이해할 수 없었다. 결국 둘 다 열통이 터질 지경이 되었다. 나는 이 사내의 매부리코가 날 찍어버리지나 않을까 걱정스러웠다. 이 황당한 대화에 귀를 기울이던 여급들도 마침내 우리를 향해 웃음을 터뜨렸다. 나는 재빨리 나이프와 포크를 놓고 문 쪽으로 걸어나갔다. 독일어를 사용하는 나는 이 낯선 나라에서 수천 길 바다 속으로 빠져든 기분이었다. 갖가지 이상한 동물들이 외로움에 빠진 나를 에워싸고 응시하다가 소리지르며 달려들 것만 같았다.

밖은 따뜻한 여름 밤이었다. 산책하기엔 정말 안성맞춤이었다. 멀리 포도밭 언덕에선 간간이 포도 따는 사람의 노랫소리가 들려왔다. 먼 곳에서 번갯불이 번쩍 하면, 달빛 괴괴한 온 산간이 흔들리면서 수런거리는 소리를 냈다. 그렇다. 때때로 크고 검은 형상이 집 앞 개암나무 덤불 뒤로 잠입해서는 나뭇가지 사이로 엿보는 것 같았다. 그러다가 모든 것이 갑자기 조용해졌다.

그때 귀도 씨가 막 여관의 발코니에 나타났다. 그는 날 알아보지 못하고 능숙하게 치터[3]를 연주했다. 그리고 거기에 맞추어 나이팅게일처럼 노래를 불렀다.

> 인간의 욕망이여, 잠들어라.
> 대지는 꿈속인 양 나무들과
> 은밀한 이야기를 소곤거린다.
> 오랜 옛날의 은은한 슬픔,
> 번갯불이 번쩍이듯 조용히
> 내 가슴속 깊이 스며든다.

 그가 노래를 더 불렀는지 모르겠다. 그도 그럴 것이 술청 앞 벤치에 사지를 뻗고 누운 나는 간밤의 피로가 한꺼번에 밀려와 깊은 잠에 빠져버렸던 것이다.
 우편 마차의 나팔 소리에 잠이 깼을 때는 서너 시간이 족히 지난 후였다. 그러나 완전히 정신이 들 때까지 그 나팔 소리는 내 꿈길 속에서 오랫동안 울려대었다. 나는 마침내 벌떡 일어났다. 날은 이미 산허리까지 밝아 있었다. 차가운 아침 기운이 온몸에 스며들었다. 그때 문득, 지금쯤 우리가 꽤 멀리까지 가 있어야 하는 게 아닌가, 하는 생각이 들었다. 그렇다. 오늘은 내가 저들을 깨울 차례다. 문밖에서 소리치면 고수머리 귀도 씨가 졸린 눈을 비비며 놀라서 일어나겠지.

---

3) 고대 그리스의 현악기.

나는 여관의 조그만 정원으로 들어가 주인들이 묵고 있는 방의 창문 앞으로 바싹 다가갔다. 그리고 동이 터오는 하늘을 향해 한껏 기지개를 켠 다음 유쾌한 기분으로 노래를 불렀다.

숲속의 새들 지저귀니
아침이 멀지 않구나.
해님이 벌써 떠오르는데
달콤한 잠 아직도 꿀맛이로다.

창문은 열려 있었다. 그러나 위쪽은 너무나 조용하였다. 새벽 바람에 창문까지 드리운 포도 덩굴만 흔들거릴 뿐이었다.
이게 도대체 웬일일까? 나는 놀라 소리치면서 조용한 복도를 지나 방 쪽으로 다가갔다. 그러나 방문을 열었을 때, 내 가슴은 덜컥 내려앉았다. 텅 빈 채로 연미복도 모자도 장화도 보이지 않았기 때문이었다. 다만 귀도 씨가 어제 연주했던 치터만이 벽에 걸려 있었다. 방 한복판 탁자 위에 쪽지가 붙어 있는 돈주머니가 놓여 있었다. 나는 그것을 창가로 들고 가서 확인해보았다. 내 눈을 의심할 지경이었다. 거기엔 커다란 글씨로, '세관리군에게'라고 씌어 있지 않은가!
나의 쾌활한 주인들을 다시 찾지 못한다면 이 모든 게 무슨 소용이란 말인가? 나는 돈주머니를 상의 주머니에 집어넣었다. 그것은 깊은 우물에 빠진 양 풍덩 소리를 내면서 나를 뒤로 휘청거리게 할 정도였다. 나는 밖으로 달려나갔다. 그리고 한바탕 법석을 떨어 집 안의 하인과 하녀들을 모두 깨워놓았다. 그들은 전혀 영문을 몰랐기에 날 미친놈쯤으로 생각하였으리라. 그러나 그들도 위층의 빈방을 발견하곤 적 잖이 놀랐다. 내 주인들에 관해 아는 사람은 없었다. 한 여급만이 무언가를 보았다고 했는데, 그녀의 표현과 몸짓을 근거로 이야기를 짜맞추어보면 이러했다.

어젯밤 발코니에서 노래하던 귀도 씨가 갑자기 외마디소리를 내더니 재빨리 다른 신사가 있는 방으로 달려갔다. 그녀가 잠시 후 다시 한 번 살펴보니 집 밖 어둠 속에서 말발굽 소리가 들려왔다. 그녀는 창 틈으로 밖을 내다보았다. 거기엔, 어제 나에게 장광설을 늘어놓은 곱사등이가 있었다. 그는 흰 말을 타고 달빛 비치는 들판을 가로질러 쏜살같이 달리는 중이었다. 안장 위에 앉아 연방 위로 솟구치는 그의 모습을 보고 하녀는 성호를 그어야 했다. 마치 세 발 달린 말을 타고 달리는 도깨비처럼 보였기 때문이었다.

나는 이제 어떻게 해야 좋을지 막막하였다. 문 앞의 우편 마차는 벌써부터 떠날 채비가 되어 있었다. 마부는 조급하게 나팔을 불어대었다. 운행 시각이 분초까지 예정되어 있어 정해진 시간 안에 다음 역에 도착해야만 하기 때문이다. 나는 다시 한 번 온 집 안을 둘러보면서 화가의 이름을 소리쳐 불렀다. 그러나 아무런 대답이 없었다. 여관 사람들만 쏟아져 나와 구경거리를 만난 양 날 쳐다볼 뿐이었다. 마부는 욕지거리를 해댔다. 말들이 히힝거렸다. 당황한 가운데 나는 결국 재빨리 마차에 올랐다. 여관집 하인이 내 뒤에서 마차의 문을 닫았다. 마부는 채찍을 내갈겼다. 그리하여 나는 다시 넓은 세계를 향해 항해해 갔다.

제 5 장

 우리는 밤낮을 가리지 않고 산과 골짜기를 넘어 달리고 또 달렸다. 나에겐 생각할 겨를이 전혀 없었다. 다음 역에 도착하면 말들이 벌써 대기하고 있었다. 사람들과 이야기를 나눌 수 없었다. 손짓 발짓을 다 해보았지만 소용이 없었다. 주막에 들러 멋진 식사를 앞에 놓기가 무섭게 마부는 우편 나팔을 불어대었다. 그러면 나이프며 포크며 다 내동댕이치고 다시 마차에 몸을 실어야 했다. 나 자신도 도대체 알 수 없었다. 어디로, 그리고 무엇 때문에 엄청난 속력으로 달려가야 하는지를.
 그러나 이 방랑 행각이 아주 싫지는 않았다. 마치 안락의자인 양 마차의 이구석 저구석에 몸을 던지면서 새로운 마을을 찾고 새로운 사람들과 사귀었다. 마차가 도시를 통과해 갈 때는 양팔에 턱을 괴고 차창 밖을 내다보았다. 이따금 정중히 모자를 벗어 보이는 사람들에게 감사함을 표하거나, 창밖을 지나가는 소녀들에게 오랜 친구인 양 인사를 보냈다.

그러면 그들은 으레 무척 놀라워하면서 호기심에 찬 시선으로 오래오래 나를 바라보았다.

그러나 마침내 나는 아연실색하고 말았다. 얻은 돈주머니의 돈을 헤아려보지도 않은 채 마부에게도 여관집 주인에게도 마구 돈을 뿌려댔는데, 그만 눈 깜짝할 사이에 돈주머니가 비어버렸던 것이다. 처음엔 마차가 한적한 숲 속으로 접어들 때 재빨리 뛰어내려 줄행랑을 놓을까 생각하였다. 그러나 지구 끝까지라도 갈 수 있는 이 멋진 마차를 혼자 굴러가게 하는 것도 유감스런 일인 듯싶었다.

내가 생각에 골몰하면서 계속 타고 갈까 아니면 내릴까를 결정하지 못하고 있는 동안 마차는 갑자기 숲길을 벗어났다. 나는 마차 밖으로 얼굴을 내밀고 마부를 향해 외쳤다.

"이 마차 어디로 가는 건가요?"

그러나 내가 무슨 말을 하든 마부는 아랑곳하지 않았다. 그는 다만 "시, 시, 시뇨레!(예, 예, 선생님!)" 소리를 연발할 뿐이었다. 그리곤 마음내키는 대로 마차를 몰았기 때문에, 나는 마차 속에서 이구석 저구석으로 쏠려 다녀야 했다.

그것이 내겐 전혀 문제가 되지 않았다. 그도 그럴 것이, 마차가 막 석양의 아름다운 풍경 속으로 접어들었기 때문이었다. 그것은 마치 빛과 불꽃의 바다 속으로 들어가는 것 같았다. 우리가 달려가고 있는 저편에는 황량한 산과 잿빛의 골짜기가 놓여 있었고, 그곳엔 벌써 저녁의 어둠이 짙게 깔려 있었다.

 우리가 더 나아갈수록 풍광은 더 거칠어지고 더 적막해갔다. 마침내 달님이 구름 뒤에서 얼굴을 내밀고 갑자기 수목과 암벽들 사이를 비추었다. 그것을 바라보니 으스스한 기분이 들었다. 우리는 돌투성이의 좁은 골짜기를 천천히 통과해야 했다. 단조로운 말발굽 소리가 암벽에 부딪혀서는 밤의 적막 속으로 울려 퍼졌다. 우리는 마치 거대한 무덤의 아치 속으로 들어가는 것 같았다. 보이지는 않지만, 많은 폭포수가 숲속 깊은 곳에서 떨어지고 있었다. 올빼미들이 멀리에서 줄곧 외쳐대고 있었다.

 "같이 가! 같이 가!"

 이제야 안 것이지만, 마부는 정식 직원이 아닌 듯 제복도 입지 않고 있었다. 그는 여러 번 불안스레 주위를 둘러보고는 더 빨리 마차를 몰기 시작하였다. 그때였다. 갑자기 숲속으로부터 말을 탄 사람이 하나 나타났다. 그는 우리 마차의 앞길을 가로지르더니 즉시 숲의 다른 편으로 사라져버렸다. 순간 나는 깜짝 놀랐다. 흰 말을 타고 달리는 사람은 분명 여관에서 내게 집적거리던 그 곱사등이였기 때문이었다. 마부는 머리를 흔들면서 말 탄 자의 어리석음을 큰 소리로 비웃었다. 그리고 나를 돌아다보고 무슨 소린가를 열심히 지껄여대었다. 물론 유감스럽게도 나는 한마디도 알아들을 수가 없었다. 이제 마차는 더욱더 빠른 속도로 계속 달려 나갔다.

잠시 후 먼 곳으로부터 가물거리는 불빛이 눈앞에 나타났다. 나는 기뻤다. 그 불빛은 점점 수효가 늘어나면서 점점 더 커지고 밝아졌다. 우리는 마침내 연기에 그을린 오두막 몇 채를 지나갔다. 그것들은 마치 암벽에 매달려 있는 제비집들 같았다. 밤의 기온이 따뜻했기 때문에 집 문은 모두 열려 있었다. 방들은 대낮처럼 밝았고, 그 속에 건달처럼 보이는 시골 사람들이 난롯가에 검은 그림자처럼 웅크리고 앉아 있었다. 우리의 마차는 소리도 요란히 밤의 적막을 뚫고 나아가다가 곧 높은 산으로 오르는 자갈길로 접어들었다. 때로는 높은 나무와 늘어진 관목들이 협로를 온통 뒤덮기도 했고, 때로는 푸른 하늘이 불쑥 나타나기도 하고, 산 아래로는 크고 완만한 산줄기며 숲과 골짜기가 내려다보였다. 산꼭대기에는 많은 탑이 있는, 크고 오래된 성이 달빛 속에 솟아 있었다.

"자, 모두들 잘 있거라!" 나는 소리 높여 외쳤다. 마차가 날 어디로 데려다줄까, 하는 기대감 속에서 마음은 한껏 들떠 있었다.

반시간쯤은 좋이 지났을까? 마침내 우리는 산 위의 성문 앞에 이르렀다. 그 문은, 위쪽이 완전히 허물어진, 크고 둥근 탑 안으로 나 있었다. 마부가 채찍을 세 번 내리치자 그 소리가 고성 안 멀리까지 퍼져 들어갔다. 그러자 놀란 까마귀떼들이 모든 창들과 부서진 틈 사이에서 쏟아져 나와선 요란하게 울어대며 하늘을 가로질러 갔다. 마차는 성채로 통하는 길고 어두운 길 위로 굴러갔다. 말발굽이 포석에 부딪혀 불꽃을 튀겼고, 커다란 개 한 마리가 요란스레 짖었다. 마차는 천둥 소리를 내면서 아치를 이룬 벽들 사이로 달렸다. 까마귀들은 여전히 주변에서 울어대었다. 이렇듯 놀라운 소동을 피우며 우리는 좁지만 포장이 잘 되어 있는 성의 뜰 안으로 들어갔다.

참 희한한 역이로구나! 하고 나는 속으로 생각하였다. 그때 마차의 문이 밖으로부터 열리고 키가 큰 노인이 조그만 등불을 들고 나를 쳐다보았다. 두툼한 눈썹 밑에서 그의 눈은 의아하다는 기색이었다. 그는 귀족들에게 하듯 내 팔 밑을 부축하면서 마차에서 내리는 것을 도와주었다.

문 앞에는 검은 조끼와 치마를 입은, 늙고 못생긴 여인이 서 있었다. 그녀는 하얀 앞치마에 긴 장식 끈이 코까지 드리워진 검은 모자를 쓰고 있었다. 그녀의 한쪽 허리춤에는 커다란 열쇠 뭉치가 매달려 있었고, 들고 있는 고풍스런 촛대에는 두 개의 촛불이 타고 있었다. 나를 보자 그녀는 깍듯이 절을 하고는 이것저것 여러 가지를 묻기 시작했다. 나는 한마디도 이해할 수 없어 연방 정중한 답례를 보냈는데, 기분이 여간 조마조마한 게 아니었다.

노인은 그동안 등불을 들고 마차의 구석구석을 비추었다. 그리고는 트렁크 하나 짐짝 하나도 보이질 않자 무언가 웅얼거리며 머리를 흔들었다. 마부는 내게 팁을 달라고도 하지 못하고 마차를 뜰 옆에 열려 있는 헛간에 집어넣었다. 그러나 노파는 갖가지 몸짓을 하면서 자기를 따라오도록 청했다. 촛대를 들고 나를 안내하면서 길고 좁은 복도를 지나 조그만 돌계단을 올라갔다. 부엌을 지나가노라니 젊은 하녀 몇몇이 반쯤 열린 문으로 머리를 내밀고 호기심에 찬 눈으로 나를 훔쳐보았다. 그리고 마치 평생 사내의 모습을 처음 보기라도 하는 양 서로 눈짓을 하고 고개를 까딱여댔다.

노파가 이윽고 위층의 한 방문을 열었을 때, 나는 우선 어안이벙벙하였다. 그것은 크고 아름답고 기품 있는 방이었다. 천장엔 갖가지 금 장식이 되어 있고, 벽에는 여러 사람들의 초상화와 커다란 꽃 그림이 호화롭게 걸려 있었다. 방 한복판 식탁 위에는 구운 고기, 케이크, 샐러드, 과일, 포도주, 사탕 등이 푸짐하게 놓여 있어 잔뜩 입맛을 다시게 했다. 두 창문 사이엔 엄청난 거울이 달려 있었는데, 그 크기가 바닥에서 천장까지 맞닿을 정도였다.

솔직히 말해서 내겐 그 방이 무척 마음에 들었다. 나는 서너 번 기지개를 켠 다음 우아한 걸음으로 이리저리 방안을 걸어보았다. 그러자 문득 그 큰 거울에 내 모습을 비춰보고 싶은 충동을 억제할 수 없었다. 그렇다. 레온하르트 씨의 새 옷은 내게도 썩 잘 어울렸다. 게다가 이탈리아인답게 제법 불타는 눈동자를 갖고 있었다. 문제는, 고향 집에 있을 때의 애송이 티를 완전히 벗지 못한 것이었다. 고작 코밑에 몇 올의 솜털이 나고 있는 정도였으니까 말이다.

노파는 그동안 줄곧 이 없는 입을 오물거리고 있었다. 그 모양이 마치 길게 늘어진 코끝을 씹고 있는 것 같았다. 나에게 앉기를 권하더니 그 앙상한 손으로 내 턱을 쓰다듬으며 "가여운 것!" 하는 것이었다. 충혈된 눈으로 나를 바라보면서, 입 가장자리가 볼의 절반까지 찢어져 올라가도록 빙글빙글 웃었다. 그리고는 결국 정중히 인사를 하고 문밖으로 물러났다.

나는 차려놓은 식탁에 앉았다. 젊고 예쁜 하녀 한 명이 내 시중을 들려고 들어왔다. 그녀와 여러 차례 대화를 시도했지만 내 말을 알아듣지 못했다. 대신 무척 호기심에 찬 눈으로 줄곧 날 곁눈질했다. 음식이 좋아 너무나 맛있게 식사를 했기 때문이었다. 배가 불러 자리에서 일어나자, 그녀는 식탁에 놓였던 등불을 들고 나를 다른 방으로 안내했다.

그 방엔 소파와 조그만 거울, 그리고 초록 커튼이 드리워진 멋진 침대가 있었다. 나는 제스처로 내가 여기에 누워도 되는지 물었다. 그녀는 고개를 끄덕였다. 심지어는 독일어로 "예"라고 대답하기까지 했다. 그러나 그것은 불가능했다. 그녀가 붙박인 듯 내 곁에 서 있었기 때문이었다. 결국 나는 다시 식탁이 있는 방으로 가서 큰 잔 가득히 포도주를 따라서 왔다. 그리고 이탈리아어로 "펠리시시마 노테!(안녕히 주무세요!)"라고 외쳤다. 그 정도의 이탈리아어는 익히 알고 있는 터였다. 그러나 내가 포도주 잔을 단숨에 입 안에 털어 넣자, 그녀는 참았던 웃음보를 터뜨렸다. 그리곤 점점 얼굴이 빨개지더니 옆방으로 들어가 뒤에서 문을 닫았다. 무엇이 그리도 우스울까? 나는 무척 의아하였다. 이탈리아 사람들은 모두 별종이구나 하는 생각이 들었다.

내겐 줄곧, 마부가 또 나팔을 불어대지나 않을까 하는 걱정이 있었다. 나는 창밖을 향해 귀를 기울였다. 그러나 밖은 모든 게 조용하였다. 불라면 불라지! 나는 옷을 벗고 그 멋들어진 침대 속에 누웠다. 이건 마치 우유와 꿀 속을 헤엄치는 기분이었다! 창밖 정원에선 오래 된 보리수나무가 살랑거리고, 이따금 지붕 위에선 까마귀란 놈이 푸드덕 날아오르곤 했다. 그런 가운데 나는 마침내 깊은 단잠에 빠져들었다.

제 6 장

 내가 다시 눈을 떴을 때는 이른 아침 햇살이 내 위쪽의 초록 커튼 위에서 아롱거리고 있었다. 내가 도대체 어디에 있는 것일까? 내 기분엔 아직도 마차를 타고 있는 것 같았다. 달빛 아래 빛나는 성과 늙은 마녀, 그리고 창백한 얼굴의 처녀에 대한 꿈을 꾼 것만 같았다.

 나는 재빨리 침대에서 뛰쳐나왔다. 옷을 입으면서 방안의 이구석 저구석을 둘러보았다. 그러자, 어제는 전혀 본 적이 없는 조그만 쪽문이 눈에 들어왔다. 그것은 빠끔히 열려 있었다. 그 문을 여니 조그맣고 정갈한 방이 나타났다. 아침 햇살이 비쳐드는 아주 아늑한 방이었다. 의자 위에는 여인의 옷가지들이 어지럽게 널려 있었고, 그 옆 침대 위엔 어제 저녁 식사 시중을 들었던 처녀가 누워 있었다. 그녀는 아주 편안하게 자고 있었다. 머리를 받치고 있는 하얀 팔 위로 검은 고수머리가 흘러내렸다. 문이 열렸다는 걸 알면 어쩌지! 나는 스스로에게 물으면서 침실로 되돌아왔다. 소녀가 깨어나 놀라거나 부끄러워하지 않도록 밖에서 문을 닫고 빗장을 질렀다.

집 밖에선 아무런 소리도 들리지 않았다. 다만 일찍 깨어난 새 한 마리가 창밖의 덤불 위에 앉아 어느새 아침 노래를 부르고 있었다.

"네가 날 부끄럽게 만드는구나." 나는 말했다. "이렇게 일찍 일어나 열심히 하느님을 찬양하고 있다니!"

나는 재빨리 테이블 위에 놓아두었던 바이올린을 들고 밖으로 나갔다. 성 안엔 아직 쥐죽은듯 적막이 감돌고 있었다. 한참이나 걸려서 나는 어두운 복도를 지나 집 밖으로 나올 수 있었다.

성 앞으로 나오자 커다란 정원 안으로 들어가게 되었는데, 그것은 넓은 테라스 모양의 층계를 이루며 점점 깊이 내려가 산의 절반에까지 이르고 있었다. 황량한 정원이었다. 통로는 모두 키 큰 풀들로 뒤덮였고, 회양목의 가지들은 잘리지 않은 채 하늘 높이 뻗어 있었다. 그 형국이 긴 코에 뾰족한 모자를 쓴 도깨비들 같아 미명 속에서 바라보노라니 왠지 섬뜩한 기분이 들었다. 말라버린 분수대 위엔 깨진 입상들 몇이 서 있고, 그 위에 빨래가 널려 있었다. 정원 한복판 여기저기엔 양배추를 심었다가 다시 몇 그루의 꽃나무를 기른 모양이었다. 모든 것이 엉망으로 뒤얽혀 키 큰 잡초에 덮여 있었다. 그 사이를 알록달록한 도마뱀들이 기어 다녔다. 높은 고목

사이로 여기저기 시야가 트여 있었는데, 산봉우리들이 시야가 미치는 저 멀리까지 연이어 있었다.

아침의 미명 속에 잠시 숲속을 거닐다가 나는 저 아래쪽 테라스에서 키가 크고 늘씬하나 창백한 얼굴의 젊은이를 발견하였다. 그는 두건이 달린 긴 외투를 입고 팔짱을 낀 채 성큼성큼 거닐고 있었다. 그는 나를 보지 못한 것 같았다. 곧 돌로 된 벤치 위에 앉더니 주머니에서 책 한 권을 꺼내 설교를 하듯 큰 소리로 읽었다. 이따금 하늘을 바라보다가 아주 우울한 표정을 지으며 오른쪽 손으로 머리를 받쳤다. 오랫동안 그쪽을 바라보다가 마침내 왜 그가 그리도 이상한 표정을 짓고 있는지 궁금하여 재빨리 그에게 다가갔다. 그는 막 깊은 한숨을 내쉬다가 나를 보고 화들짝 놀랐다. 그는 완전히 제정신이 아니었다. 나도 마찬가지였다. 피차 무슨 이야기를 해야 좋을지 몰랐다. 서로 인사만 주고받다가 그가 먼저 그 큰 걸음으로 숲속으로 사라져버렸다.

그동안 태양은 숲 위에 떠올라 있었다. 나는 벤치 위로 뛰어올라가 환희에 넘쳐 바이올린을 연주하였다. 그 선율은 조용한 골짜기 저 멀리까지 울려 퍼졌다. 열쇠 꾸러미를 든 노파가 아침밥을 먹으라고 나를 찾아 온 성 안을 뒤지다가 테라스에 나타났다. 그녀는, 내가 그리도 멋지게 바이올린을 켤 수 있다는 사실에 놀랐다. 까다로운 집사장 영감도 나타나 역시 경탄해 마지않았다. 마침내 하녀들도 나왔다. 모두 잔뜩 놀란 표정으로 위편에 서 있었다. 나는 더욱더 기교를 부려, 민첩하게 손가락을 놀리고 열심히 활을 그어대면서 카텐차와 변주곡을 연주하였다. 완전히 녹초가 될 때까지.

이 성은 참으로 이상한 곳이었다! 이곳에서 지내다보니 여행을 계속하고픈 생각이 들지 않았다. 성은 여관이 아니었다. 하녀에게 들은 바로는 어느 부유한 백작의 소유라는 것이었다. 그후 이따금 노파에게, 백작의 이름이 무엇이냐? 어디에 사느냐?고 물어보려 하면 그녀는 늘, 내가 성에 도착했던 그날 밤처럼 입만 비죽거릴 뿐이었다. 그리고 마치 제정신이 아닌 양 날 꼬집으면서 교활한 윙크를 보내는 것이었다.

한번은 어느 더운 날 포도주 한 병을 다 마셔버렸더니 하녀들이 키득거리면서 다른 병을 갖다 주었다. 또 한번은 파이프에 담을 잎담배를 요구하면서 그것을 몸짓으로 묘사했더니 모두들 배꼽을 쥐고 웃어대었다. 가장 놀라운 것은, 자주, 칠흑 같은 밤이면 언제나 내 방의 아래에서 들려오는 세레나데였다. 누군가 기타를 퉁기면서 아주 나지막한 음조를 실어 보내는 것이었다. 한번은 아래편에서 "쉿! 쉿!" 하는 소리가 들리는 것 같았다. 나는 재빨리 침대에서 일어나 창밖으로 머리를 내밀고 아래쪽을 향하여 외쳤다.

"여보세요! 여보세요! 거기 밖에 있는 분은 누구죠?"

그러나 아무 대답도 들리지 않았다. 다만 무언가 무척 빠르게 숲속으로 달아나는 소리가 들렸다. 앞뜰의 커다란 개가 내 기척에 몇 차례 컹컹 짖어대었다. 그런 다음 모든 것이 갑자기 조용해졌다. 그 이후로 세레나데는 다시 들을 수 없었다.

이곳에서의 내 생활은, 인간이라면 이 세상에서 늘 소망할 만한 그런 것이었다. 그 멋쟁이 집사장 같으니라고! 그가 늘 입버릇처럼 말했던 것, 즉 이탈리아에선 포도알이 저절로 입 속으로 굴러든다는 말은 참으로 지당한 말씀이었다. 외딴 성에서 나는 마법에 걸린 왕자처럼 지냈다. 어디를 가든 사람들은 내게 한껏 경의를 표해주었다. 내 주머니에 동전 한 닢도 남아 있지 않음을 잘 알고 있으면서도.

나는 그저 말만 하면 되었다.

"밥상 좀 차려주세요!"

그러면 어느새 쌀, 포도주, 멜론, 파르마산 치즈를 곁들인 훌륭한 식사를 대령해주었다. 맛있는 음식을 즐기다가 천개가 달린 멋진 침대에서 잠을 자고, 정원을 산책하거나 음악 감상을 하고, 이따금 정원 가꾸는 일을 도와주기도 했다. 정원의 키 큰 풀밭 사이에 누워 있을 때가 많았는데, 그때마다 그 껑충한 젊은이(그는 노파의 친척이 되는 학생으로 지금 이곳에서 휴가를 보내는 중이었다)가 승려처럼 긴 외투를 걸치고 먼발치에서 오락가락하였다. 그는 마술사처럼 책을 보면서 웅얼거렸고, 그때마다 나는 영락없이 잠에 빠져들곤

했다.

 이렇게 하루하루가 지나갔다. 그러자 마침내 좋은 음식과 술도 싫증이 나기 시작했다. 무위도식하다 보니 사지의 모든 관절이 흐늘흐늘해진 것 같았다. 이렇게 게으름을 피우고 살아가다간 내 몸이 몽땅 와해되어버릴 것 같았다.

 그 즈음의 어느 무더운 여름 날 오후였다. 나는 산비탈에 서 있는 높은 나무 꼭대기에 올라앉아 나뭇가지들 속에서 몸을 흔들며 조용하고 깊은 골짜기를 내려다보았다. 벌들이 잎새들 사이에서 붕붕거리며 내 주위를 맴돌고 있을 뿐 사위는 쥐죽은듯 고요했다. 산간에는 사람의 그림자도 얼씬거리지 않았고, 저 아래 조용한 숲 속의 목장엔 젖소들이 높게 자란 풀밭 속에서 쉬고 있었다. 그때 아주 먼 곳으로부터 우편 마차의 나팔 소리가 나뭇가지 위로 울려왔다. 때로는 들릴 듯 말 듯하다가 때로는 다시 맑고 또렷한 소리로 울려왔다. 그러자 불현듯 오래된 노래 하나가 머리에 떠올랐다. 아버지의 물방앗간에 있을 때 방랑 중인 한 직공으로부터 배운 것이었다. 나는 그 노래를 불렀다.

 낯선 곳을 떠도는 자
 애인을 꼭 데리고 가야 해.
 사람들 회회낙락하면서도
 이방인은 따돌린다네.

너희들은 아니, 나무들아
아름다운 옛 시절을?
아, 고향은 산 너머 저편
아득하고 먼 곳!

그녀에게 갈 때마다
반짝이는 별들 바라보았네.
나이팅게일의 노래 들으며
그녀의 문전에서 서성거렸네.

아침은 나의 기쁨!
고요한 시간에 나 홀로
높은 산 멀리멀리 올라가
뜨거운 인사를 보낸다, 독일이여!

  우편 마차의 나팔 소리가 멀리에서 내 노래와 어울리려는 것 같았다. 내가 노래를 부르는 동안 마차는 산굽이를 돌아 점점 가까이 다가왔다. 위쪽 성채를 요란히 뒤흔드는 소리가 났을 때, 나는 재빨리 나무에서 뛰어내렸다. 그러자 어느새 노파가 우편물이 든 상자를 들고 성으로부터 나를 향해 달려왔다.

"여기 도련님에게 온 편지도 있어요."

그녀는 내게 조그맣고 예쁜 편지 한 장을 상자에서 꺼내주었다. 발신인이 없는 것이었다. 나는 급히 겉봉을 뜯었다. 내 얼굴은 돌연 자두처럼 빨갛게 익어버렸다. 심장이 요란하게 방망이질쳐서 노파까지 눈치를 챌 지경이었다. 그것은—내 아름다운 아가씨의 필적이었다. 세관리를 하고 있을 때 나는 그녀의 메모를 종종 본 적이 있었다. 내용은 아주 간단했다.

> 모든 것이 다시 잘 되었어요. 모든 장애는 제거되었습니다. 은밀하게 기회를 잡아 처음으로 이 기쁜 소식을 전해 드립니다. 어서 오세요. 서둘러 돌아오세요. 이곳은 썰렁하기 짝이 없어요. 당신이 우리를 떠나신 후 저는 더 이상 사는 것 같지가 않았답니다.
>
> 아우렐리 올림

편지를 읽는 동안 나의 눈엔 눈물이 넘쳐흘렀다. 놀라움, 그리고 형언할 수 없는 기쁨 때문이었다. 나는 노파를 보기가 창피했다. 그녀는 다시 역겨운 표정을 지으며 빙글거렸다. 나는 쏜살같이 조용한 정원의 한구석으로 내뺐다. 거기 개암나무 덤불 밑 풀밭 위에 몸을 던지고 다시 한 번 편지를 읽었다. 한구절 한구절 외운 다음 재삼재사 되뇌어보았다. 햇빛이 나뭇잎 사이로 비쳐 들어와 그녀의 필적 위에서 춤을 추었다. 글자들이 황금색, 담록색, 붉은색으로 변하면서 내 눈앞에 아롱거렸다.

그렇다면 그녀는 결혼한 게 아니었구나. 그때의 그 낯선 장교는 그녀의 오빠였던 모양이지? 아니면 남편이 이젠 죽었거나. 아니면 내가 미친 걸까? 그것도 아니면……

"어쨌든 마찬가지야!" 나는 소리치면서 자리에서 벌떡 일어났다. "이제 분명한 건 그녀가 날 사랑한다는 사실이야. 그녀가 날 사랑한단 말이야!"

내가 덤불 속에서 기어 나왔을 때는 이미 해가 기울고 있었다. 하늘은 진홍빛으로 물들었고, 온 숲속에서 새들이 즐겁게 노래하고 있었다. 골짜기마다 저녁의 어스름이 깔려 있었지만, 내 마음은 천배 만배 황홀하고 즐거웠다!

나는 안채를 향해, 오늘 저녁 식사는 정원으로 내어다달라고 소리쳤다. 노파, 깐깐한 노인네, 하녀들 모두 집 밖으로 나와서는 나무 밑에 차려진 식탁 주위에 둘러앉았다. 나는 바이올린을 꺼내 연주하면서 사이사이에 먹고 마시기도 했다. 모두 유쾌한 기분이 되었다. 노인네는 얼굴의 주름살을 펴고 연방 건배의 술잔을 들었다. 노파는 끊임없이 무슨 소린가를 지껄여댔고, 소녀들은 잔디밭 위에서 어울려 춤을 추기 시작했다.

종국엔 그 창백한 얼굴의 학생도 호기심에 찬 눈으로 나타났다. 그는 놀이판을 경멸 어린 눈으로 바라보다가 자못 고고한 자세로 돌아서려 하였다. 그러나 나는 잽싸게 그를 향해 달려갔다. 순식간에 그의 긴 코트 자락을 움켜잡고 춤꾼들 사이로 끼어들었다. 그는 우아한 신식 춤을 추려고 애썼다. 아주 열심히. 그리고 과장된 스텝을 밟느라 이마엔 땀방울이 맺히고 긴 외투가 바퀴처럼 우리의 둘레를 빙빙 돌았다. 그러나 춤을 추면서도 흥미롭다는 듯 여러 차례 괴상한 눈빛으로 날 응시하였다. 나는 그가 두려워지기 시작하였다. 기회를 보다가 얼른 그의 손을 놓아버렸다.

노파는, 편지 속에 무슨 내용이 들어 있는지, 왜 내가 갑자기 이리도 유쾌해졌는지 무척 알고 싶어했다. 그러나 그녀에게 이야기하자면 너무나 장황할 것 같았다. 그래서 다만 머리 위 창공을 나는 두루미 몇 마리를 가리켰다.

"나도 곧 떠나야 할 것 같아요. 아주 멀리요!"

그녀는 메마른 눈을 크게 뜨고는 뱀의 눈초리를 하고 한 번은 나를, 한 번은 옆의 노인을 바라보았다. 그리고 내가 딴 곳으로 시선을 돌릴 때마다 둘은 은밀히 머리를 맞대고 무언가를 열심히 소곤거리며 이따금 내 쪽을 흘금흘금 바라보기도 하였다.

나는 의아하였다. 저들에게 무슨 꿍꿍이가 있을까, 곰곰 생각해보았다. 그러나 나는 곧 단념하였다. 태양은 벌써 오래 전에 사라져버렸다. 나는 모두에게 밤 인사를 하고 생각에 잠긴 채 나의 방으로 올라왔다.

마음이 기쁘기도 하고 불안하기도 해서 나는 오랫동안 방안을 서성거렸다. 창밖에선 바람이 납덩이 같은 구름을 성탑 위로 흘려 보내고 있었다. 칠흑 같은 어둠 속에서 가까운 산봉우리도 쉽게 볼 수가 없었다. 그때 아래쪽 정원에서 사람들의 음성이 들려왔다. 나는 등불을 끄고 창가로 다가갔다. 목소리는 가까운 곳에서 들려오는 것 같았다. 그들은 아주 낮은 소리로 소곤대고 있었다. 외투를 걸친 사람이 들고 있던 작은 등불이 갑자기 긴 빛을 내쏘았다. 그러자 그 깐깐한 집사장과 노파의 얼굴이 보였다. 불빛은 우선 노파의 얼굴을 비추었다. 여전히 흉측하다는 생각을 떨칠 수가 없었다. 그녀의 손에는 길다란 칼이 들려 있었다. 보아하니 그들 둘은 내 창문을 올려다보고 있었다. 집사장이 외투를 단단히 여몄다. 주위는 다시 온통 어둠에 묻히고 고요해졌다.

나는 생각하였다. 저들이 이 시간에 정원에서 무얼 하려는 것일까? 순간 모골이 송연해졌다. 평생 들어온 갖가지 살인 이야기가 떠올랐던 것이다. 사람을 죽여 그 심장을 씹어 먹는다는 마녀와 도둑들의 이야기가 말이다. 이런 생각을 하고 있는데, 계단을 오르는 사람들의 발소리가 들렸다. 그들은 긴 복도를 아주 조용히 올라와서는 내 방문을 향해 다가왔다. 이따금 은밀히 주고받는 말소리가 섞여 들려왔다.

나는 재빨리 방의 다른 쪽 끝으로 뛰어가 커다란 탁자 위에 몸을 숨겼다. 무언가 움직이기만 해도 그것을 번쩍 들어 문 쪽을 향해 있는 힘껏 내던질 참이었다. 그러나 어둠 속에서 의자를 넘어뜨리는 바람에 우당탕 요란한 소리가 나고 말았다. 그러자 바깥은 갑자기 쥐죽은듯 조용해졌다. 나는 귀를 쫑긋 하고 계속 문 쪽을 응시하였다. 어찌나 뚫어져라 노려보았던지 눈알이 튀어나올 것 같았다. 잠시 후 벽을 기어가는 파리 소리까지 들릴 정도로 마음이 안정되었을 때, 누군가 밖에서 열쇠를 자물통에 꽂는 소리가 들렸다. 나는 탁자를 들어올렸다. 그러나 천천히 세 번을 돌아가더니 열쇠가 조심스레 빠져나갔다. 그리고 살금살금 복도를 지나 계단을 내려가는 소리가 들렸다.

나는 깊은 숨을 내쉬었다. 그러나 곧 생각하였다. 저들이 날 감금하였구나. 내가 깊이 잠들면 날 처치할 모양이지. 나는 재빨리 문을 살펴보았다. 과연 꽁꽁 잠겨 있었다. 예쁜 하녀의 방으로 통하는 다른 문도 마찬가지였다. 이 성에 온 뒤로 처음 있는 일이었다.

이제 나는 낯선 땅에서 갇힌 몸이 되었다! 지금쯤 그 아름다운 아가씨는 창 옆에 서서 조용한 정원을 내다보고 있겠지. 국도의 저편을 바라보면서, 내가 바이올린을 켜며 세관 옆을 돌아오지나 않을까, 궁금해할 거야. 하늘엔 구름이 달리고, 시간만 흘러가겠지. 하지만 나는 이곳을 떠날 수가 없다! 아, 나의 마음은 찢어질 것만 같았다. 어떻게 해야 좋을지 전혀 알 수가 없었다. 밖에서 나뭇잎들이 수런거리고 복도에서 쥐들이 무언가를 쏠고 있을 때마다 그 노파가 숨겨진 문으로 잠입해 들어오는 것 같았고, 방안을 엿보다가 긴 칼을 들고 살금살금 다가오는 것만 같았다.

근심에 가득 차 침대에 앉아 있는데, 갑자기 오랫동안 듣지 못했던 그 세레나데가 내 창문 아래서 들려왔다. 기타의 첫 음을 듣기가 무섭게 돌연 내 영혼 속으로 아침 햇살이 쏟아지는 것 같았다. 나는 창문을 열고, 내가 깨어 있음을 조용히 알렸다.

"쉿! 쉿!"

아래쪽에서 들려오는 대답이었다. 더 생각할 여지가 없었다. 나는 편지와 바이올린을 챙겨 가지고 껑충 창문을 뛰어넘었다. 그리고 담 벽의 틈에서 자란 관목을 두 손으로 잡고 낡은 담장을 타고 내렸다. 그러나 이끼 낀 기와 몇 장이 빠지는 바람에 나는 미끄럼을 타게 되었다. 점점 가속이 붙어 미끄러지다가 결국은 두 발이 땅에 닿게 되었는데, 그 충격으로 골통이 띵할 정도였다.

이런 모양으로 정원에 도착하기가 무섭게 누군가 나를 힘껏 포옹하는 사람이 있었다. 나는 크게 외마디소리를 질렀다. 그러나 그 선량한 친구는 재빨리 내 입을 손으로 막더니 내 손을 잡고 덤불 밖 빈터로 이끌고 나갔다. 나는 그 키다리

학생을 알아보고 놀랐다. 그는 기타를 넓은 비단줄에 매어 목에 걸고 있었다. 나는 황급히 이 정원을 빠져나가야 한다는 신호를 보냈다. 그러나 그는 모든 것을 이미 알고 있는 듯했다. 은밀한 우회로를 이리저리 돌더니 높은 담장의 문 아래까지 이끌고 갔다. 그러나 그 문 역시 단단히 잠겨 있는 게 아닌가! 학생은 이런 경우도 미리 생각해둔 양 커다란 열쇠를 꺼내어 조심스레 자물통에 꽂았다.

우리가 겨우 숲으로 나왔을 때, 나는 그에게 인근 마을로 가는 지름길을 묻고자 하였다. 그러나 그는 갑자기 내 앞에서 무릎을 꿇더니 허공 위로 손을 치켜들었다. 그리고 주문과 서약을 외우기 시작했는데, 영 듣기가 섬뜩하였다. 나는 그가 무슨 소리를 지껄이는지 알지 못했다. 끊임없이 들리는 말은 다만 신 idio, 마음 cuore, 사랑 amore, 광기 furore 같은 라틴어였다! 그가 무릎걸음으로 점점 가까이 다가왔기 때문에 나는 완전히 공포에 젖고 말았다. 그는 미친 게 틀림없었다. 나는 뒤도 돌아보지 않고 줄행랑을 쳐 무성한 숲 속으로 뛰어들었다.

그 학생이 미친 듯 소리치면서 내 뒤를 따라오는 소리가 들렸다. 곧이어 성으로부터 다른 목소리들이 함께 가세하였다. 짐작건대 그들 모두가 나를 찾는 것 같았다. 길은 낯선 데다가 칠흑 같은 어둠 속이었다. 어쩌면 쉽사리 그들 손에 다시 잡힐지도 몰랐다. 그래서 나는 높은 전나무 꼭대기로 기어올랐다. 알맞은 기회를 기다리기 위해서였다.

그곳에서 들으니, 성 안에서 목소리가 하나씩 둘씩 늘어나고 있었다. 내풍등이 몇 개 나타나 붉은빛을 발하였다. 그것은 오래된 성벽을 넘어 저 멀리 어두운 산속까지 비추었다. 나의 운명을 사랑하는 하느님께 맡기는 수밖에 없었다. 요란한 소음이 점점 더 커지면서 바싹바싹 내 곁으로 다가오고 있었던 것이다. 마침내 햇불을 든 학생이 나무 밑까지 달려왔다. 옷자락이 바람결에 길게 나부꼈다. 그러나 모두들 점점 산의 다른 쪽으로 방향을 틀었다. 떠드는 소리가 점점 멀어져갔다. 바람이 다시 조용한 숲을 뒤흔들었다. 나는 재빨리 나무에서 내려왔다. 그리고 숨쉴 새도 없이 멀리 골짜기의 어둠 속으로 줄달음을 쳤다.

제 7 장

 나는 밤낮을 가리지 않고 부지런히 걸었다. 아직도 내 귓전에는 산 저편으로부터 횃불과 긴 칼을 들고 내 뒤를 따르며 외치는 소리가 쟁쟁하였다. 도중에 나는, 어느새 로마에서 불과 몇 마일밖에 떨어져 있지 않음을 알게 되었다. 나는 놀랍고도 기뻤다. 멋진 로마에 대해서는 이미 유년 시절부터 갖가지 놀라운 이야기를 들어왔던 것이다. 일요일 오후 같은 때 물방앗간 앞 풀밭에 누우면 사방이 조용하였다. 그때마다 나는 머리 위로 흘러가는 구름을 바라보며 로마를 꿈꾸었다. 푸른 바닷가의 희한한 산들과 골짜기, 금빛 성문, 금빛 옷을 입은 천사들이 노래하는, 드높게 번쩍이는 탑들을.

 어느새 밤이 깊어 있었다. 숲을 나와 어느 언덕 위로 올랐을 때, 달빛 교교한 속에 도시의 모습이 홀연히 나타났다. 바다가 먼 곳에서 빛났고, 하늘 위엔 무수한 별들이 다투듯이 반짝거리고 있었다. 그 아래에 성스러운 도시가 있었다. 도시는 긴 안개 자락이 드리운 가운데 잠자는 사자처럼 고요한 대지 위에 누워 있었다. 주위엔 거인 같은 산들이 어둠 속에서 그 도시를 지키고 있었다.

나는 우선 넓고 쓸쓸한 황야에 도달하였다. 이곳은 무덤 속처럼 어둡고 고요하였다. 다만 여기저기에 퇴락한 옛 성벽들이, 메말라서 묘하게 뒤틀린 관목들 사이에 서 있었다. 이따금 나이팅게일이 밤하늘 위로 푸드덕거리며 날아갔다. 내 그림자가 길게 늘어져서는 외로움을 달래주듯 줄곧 내 옆에 붙어 다녔다. 사람들은 말했었다. 이곳에 태고의 도시와 비너스 여신이 묻혀 있다고. 그리고 옛 이교도들이 왕왕 그들의 무덤에서 나와 고요한 밤에 황야를 떠돌면서 나그네들을 현혹시키기도 한다고. 그러나 나는 줄곧 앞을 향해 걸었고, 아무것도 걸리적거리지 않았다.

도시가 점점 더 또렷하게, 점점 더 아름답게 내 앞에 떠올랐다. 높은 성곽과 성문, 그리고 금빛의 원형 지붕들이 밝은 달빛 속에서 화려하게 빛나고 있었다. 정말로 금빛 옷을 입은 천사들이 흉벽 위에 서서 고요한 밤하늘을 향해 노래를 부르는 것 같았다.

나는 조그만 집들을 끼고 걷다가 마침내 웅장한 성문을 통해 그 유명한 도시 로마에 발을 들여놓았다. 달빛은 대낮인 양 궁성들 사이를 비추고 있었다. 그러나 거리는 모두 비어 있었다. 다만 부랑자들이 죽은 사람처럼 여기저기 대리석 위에 누워 후텁지근한 밤의 온기 속에서 잠을 자고 있었다. 광장의 분수들은 조용히 물을 뿜고, 가로수들이 바람에 살랑거리면서 정원마다 싱싱한 향기로 가득 채워주었다.

기쁜 마음으로, 달빛과 향기에 취해 어디로 가는지도 모르고 나아가고 있을 때, 어느 정원의 깊숙한 곳에서 기타의 선율이 들려왔다. 맙소사, 그렇다면 그 긴 코트의 미친 대학생이 은밀하게 내 뒤를 쫓아왔단 말인가! 같은 정원에서 이번엔 어떤 여인이 기막히게 사랑스런 노래를 부르기 시작했다. 나는 마술에 걸린 양 붙박인 채 서 있었다. 그도 그럴 것이 그것은 바로 그 아름다운 아가씨의 음성이었고, 그녀가 집에서 창밖을 향해 곧잘 부르곤 하던 바로 그 이탈리아 노래였기 때문이었다.

그러자 갑자기 아름다웠던 시간이 주마등처럼 떠올라 마음이 싸하게 저려왔다. 이른 아침의 조용한 정원, 덤불 뒤에 숨어 마냥 행복에 잠기다가 콧구멍 속으로 날아든 파리 때문에 망쳤던 일이. 나는 더 이상 참을 수가 없었다. 금빛 장식을 한 격자문을 기어올라 노랫소리가 들리는 정원으로 뛰어내렸다. 그때 나는 보았다. 멀리 한 포플러나무 뒤에 서 있는 날씬하고 하얀 형상을. 그녀는 처음에 격자문을 넘어오는 나를 놀라서 바라보았다. 그리고 다음 순간 재빨리 어두운 정원을 지나 집 쪽으로 달아났다. 달빛 속에서 종종걸음을 치는 모습이 보일 듯 말 듯하였다.

"바로 그 아가씨다!" 나는 외쳤다.

기쁜 나머지 심장이 쿵쿵 뛰었다. 그 작고 날렵한 발걸음을 보고 나는 이내 그녀임을 알아차렸다. 그러나 재수 없게도 문에서 뛰어내리면서 오른쪽 발목이 접질렸다. 때문에 그녀의 뒤를 따라 집 쪽으로 걸을 때 처음 몇 번은 절룩거릴 수밖에 없었다. 그동안 문과 창문은 단단히 잠겨 있었다. 나는 아주 조심스레 문을 두드렸다. 귀를 기울인 다음 다시 한 번 더 두드렸다. 안으로부터 나지막하게 속삭이는 소리와 키득거리는 웃음 소리가 들려왔다. 아니 블라인드 사이로 두 개의 영롱한 눈동자가 달빛 속에 반짝이는 것 같았다. 그리고 나서 갑자기 사방이 고요해졌다.

 그녀가 나를 모르는 것이 아닐까, 하는 생각이 들어 늘 지니고 다니는 바이올린을 꺼내들고 집 앞을 오르락내리락 거닐었다. 그러다가 바이올린을 연주하면서 아름다운 여인의 노래를 불렀고, 기쁜 마음으로 그 아름다웠던 여름 밤 성의 정원이나 세관의 벤치에서 연주했던 노래들을 모두 연주하였다. 노래는 창문을 통해 성 안 먼 곳까지 울려 퍼졌다. 그러나 아무 소용이 없었다. 온 집 안에선 아무런 미동도 없었다. 마침내 나는 우울한 기분으로 바이올린을 집어넣고 출입문 앞에 벌렁 누워버렸다. 오랜 행군으로 너무나 지쳐 있었던 것이다.

 밤은 따뜻하였다. 집 앞 꽃밭에선 짙은 향기가 풍겼고, 저 아래 정원에선 분수가 끊임없이 물줄기를 뿜어대었다. 결국 나는 깊은 잠에 빠지고 말았다. 꿈속에서 나는 하늘처럼 파아란 꽃, 아름답고 푸른 골짜기, 거기에 졸졸 흘러가는 시냇물, 그리고 기이한 노래를 불러대는 갖가지 새들을 보았다.

내가 깨어났을 때, 새벽의 냉기가 나의 온몸에 스며들고 있었다. 새들은 벌써 깨어나 나를 조롱하는 듯 나뭇가지 위에서 지저귀었다. 나는 벌떡 일어나서 사방을 휘둘러보았다. 정원의 분수는 여전히 물을 뿜어댔지만, 집 안에선 아무 기척도 들리지 않았다. 나는 초록색 블라인드 사이로 어떤 방 안을 들여다보았다. 거기엔 소파와 회색 아마포를 덮은 둥근 테이블이 있었고, 의자들은 질서정연하게 벽 앞에 세워져 있었다. 그러나 창문마다 블라인드가 드리워 있어서, 수년 전부터 집 안에 사람이 살고 있지 않은 것 같았다. 이 쓸쓸한 집과 정원을 배경으로 어제의 하얀 형상이 떠올라 문득 두려움 같은 것이 엄습해왔다. 나는 뒤도 돌아보지 않고 고요한 사잇길로 달렸다. 그리고 단숨에 정원의 문으로 기어 올라갔다. 그러나 거기에서 나는 마술에 걸린 듯 주저앉고 말았다. 그 높은 격자문을 통해 돌연 저 아래 아름다운 도시가 눈에 들어왔던 것이다. 아침 해가 지붕 위로 솟아올라서는 고요한 거리를 환히 비춰주고 있었다. 나는 크게 환호성을 질렀다. 그리고 희희낙락하면서 거리를 향해 뛰어 내려갔다.

그러나 이 크고 낯선 도시에서 어디로 가야 한단 말인가? 나의 머릿속에는 아직도 간밤에 들었던 아가씨의 노랫소리가 떠나지 않았다. 나는 마침내 쓸쓸한 광장 한가운데로 나왔다. 거기 돌로 만든 분수대에 걸터앉아 맑은 물로 세수를 하고는 노래를 한 곡조 뽑았다.

    이 몸이 새라면 알 수 있으련만
    무슨 노랠 불러야 할지.
    날개가 달렸다면 알 수 있으련만
    어디로 날아갈 것인지!

"여봐 유쾌한 친구, 자넨 이른 새벽부터 종달새처럼 노래하고 있구먼!"

갑자기 한 젊은이가 분수 쪽으로 다가오면서 말했다. 뜻하지 않게 독일말을 듣고 보니, 마치 조용한 일요일 아침에 듣던 고향의 종소리가 나를 향해 울려오는 기분이었다.

"이런, 동향 분이군요!"

나는 기쁨의 탄성을 지르며 분수대에서 뛰어내렸다. 젊은이는 미소를 머금고 나를 위아래로 훑어보았다.

"자네는 이 로마에서 대체 무얼 하고 지내나?" 그가 물었다.

나는 뭐라고 말해야 할지 알 수 없었다. 아름다운 아가씨를 따라왔다고는 말하고 싶지 않았다.

"그냥 세상 구경이나 좀 하려고 돌아다니는 중이지요."

"오 그래!" 젊은이는 큰 소리로 껄껄 웃었다. "그렇다면 우리는 같은 처지로군. 나 역시 세상을 돌아다니면서 그림을 그리고 있으니까."

"그렇다면 화가시군요!"

나는 기뻐서 소리쳤다. 레온하르트와 귀도 씨가 생각났던 것이다. 그러나 젊은이는 내가 말할 틈을 주지 않았다.

"여보게, 우리 함께 가서 아침 식사나 하자고. 그러고 나서 자네 초상화를 그릴 수 있게 된다면 내겐 큰 기쁨이겠네만!"

나는 기꺼이 응낙하고 화가와 함께 텅 빈 거리를 거닐었다. 이제야 여기저기서 몇몇 상점들이 문을 열고 있었다. 사람들은 하얀 두 팔을 창밖으로 내뻗거나 졸린 얼굴을 내밀고 신선한 아침 공기를 마시기도 했다.

그는 나를 이끌고 좁고 어두운 골목길을 오랫동안 이리저리 걸어가다 마침내 한 낡고 연기에 그을린 집 안으로 들어갔다. 어두운 계단을 오르니 또 계단 하나가 나타났다. 하늘을 오르듯 타고 올라 지붕 밑 방의 문 앞에서 멈추었다. 화가는 앞뒤의 모든 주머니를 열심히 뒤졌다. 그러나, 오늘 새벽 문 잠그는 것을 잊고 열쇠를 방안에 두고 온 것이 생각났다. 오는 도중 그가 한 말에 의하면, 이 지방의 해돋이를 구경하기 위해 날이 밝기도 전에 교외로 나갔던 것이다. 그는 머리를 저으면서 발로 문을 열어제쳤다.

그것은 길고 커다란 방이었다. 방바닥에 온갖 물건이 가득 차 있지 않았다면 무도회를 열고도 남을 넓이였다. 거기엔 신발, 종이, 옷, 물감통 등 온갖 것들이 뒤죽박죽 널려 있었다. 방 한복판에는 배를 딸 때나 쓰일 듯한 커다란 삼각대들이 세워져 있고, 벽을 빙 둘러서 커다란 그림들이 기대어져 있었다. 열쇠는 긴 목제 탁자 위에 놓여 있었다. 물감 상자 옆에는 빵과 버터, 그리고 포도주도 한 병 있었다.

"자, 우선 좀 먹고 마셔야지!" 화가가 외쳤다.

나는 즉시 버터를 빵에 바르려고 했다. 그러나 나이프가 없었다. 우리는 한참 동안 책상 위에 널린 종이 밑을 뒤졌다. 나이프는 커다란 상자 밑에 있었다. 화가는 창문을 활짝 열었다. 신선한 아침 공기가 방안을 가득 채웠다. 멀리 시내를 지나 산기슭까지 멋진 조망이 전개되었다. 그곳엔 아침 햇살을 받으며 하얀 별장들과 포도밭이 아름답게 빛나고 있었다.

"저 산 뒤에 있는 시원하고 푸른 독일 만세!"

화가는 외치면서 포도주를 마신 다음 내게 건네주었다. 나는 정중하게 받아들고, 저 먼 곳에 있는 아름다운 고향을 향해 몇 번이고 마음의 인사를 보냈다.

그동안 화가는 아주 큰 종이가 올려져 있는 목제 삼각대를 창문 가까이로 끌고 갔다. 종이 위에는 굵고 검은 선으로 낡은 오두막집 한 채가 아주 정교하게 그려져 있었다. 그 안엔 성모 마리아가 아름답고 기쁨에 찬, 그러나 동시에 우수에 찬 표정으로 앉아 있었다. 그녀의 발치, 짚으로 된 보금자리 속에는 아기 예수가 다정스러우면서도 진지한 눈망울을 반짝이고 있다. 바깥 오두막집 문간에는 지팡이를 들고 배낭을 멘 목동 둘이 무릎을 꿇고 있고……

"여보게," 화가가 말했다. "이 목동 중 하나에게 자네의 머리를 얹어주려 하네. 그렇게 되면 자네 얼굴도 세상에 좀 알려지겠지. 그리고 사람들은 그걸 보고 기뻐할 거야. 우리 둘 역시 죽은 다음 이 행복한 목동처럼 성모 마리아와 그 아드님 앞에 조용히, 그리고 기쁜 마음으로 무릎을 꿇을 수 있다면 오죽 좋겠나."

그는 낡은 의자 하나를 잡았다. 그러나 그것을 들어올리자 등받이 부분만 그의 손에 남아 있었다. 그는 재빨리 분리된 부분을 다시 맞추고, 그것을 삼각대 앞쪽에 놓았다. 이제 나는 그 위에 앉아 얼굴의 한쪽을 화가에게 향하도록 할 수밖에 없었다.

이렇게 나는 몇 분 동안을 죽은 듯이 앉아 있었다. 그러나 결국 도저히 이 상태를 견디어 낼 수가 없었다. 한 번은 이쪽이 근질근질, 한 번은 저쪽이 근질근질하였다. 맞은편에 반쯤 깨진 거울이 걸려 있었는데, 나는 줄곧 그 속을 들여다보면서 따분한 나머지 온갖 표정과 인상을 지어보였다. 화가는 그것을 눈치채자 결국 너털웃음을 웃으면서 일어서도 좋다는 손짓을 보내왔다. 내 얼굴은 어느새 목동의 것이 되어 있었다. 그리고 나 자신도 흡족할 정도로 그림이 훌륭하였다.

화가는 신선한 아침의 대기 속에서 열심히 그림 그리기를 계속하였다. 노래를 흥얼거리기도 하고, 이따금 열린 창문을 통해 아름다운 경치를 내다보기도 했다. 그동안 나는 버터 과자 한 쪽을 더 잘라 들고는 방안을 오락가락하면서 벽에 걸린 그림들을 구경하였다. 그 중 두 그림이 내 마음에 들었다.

"이것들도 당신이 그린 건가요?" 나는 화가에게 물었다..

"천만에!" 그는 대답했다. "그것들은 그 유명한 대가 레오나르도 다 빈치와 귀도 레니의 것이라네. 하긴 자네가 그들을 알 리가 없지!"

나는 그의 마지막 말에 약이 올랐다. 나는 태연하게 대꾸했다.

"오, 그 두 사람이라면 내 주머니 속만큼이나 잘 알고 있지요."

그러자 그는 두 눈을 크게 떴다. 그리고 급히 물었다.

"어떻게?"

나는 말했다.

"나는 그들과 밤낮을 함께 여행했었지요. 말을 타기도 하고, 걷기도 하고, 마차를 타고 귓전에 바람을 씽씽 맞기도 했고요. 그 두 사람을 그만 술집에서 잃어버려 외톨이가 된 나는 그들이 마련한 특별 우편 마차를 타고, 마치 폭탄을 실은 마차가 돌길을 달리듯 무서운 속력으로 달려왔지요. 그리고……"

"오! 오!" 화가는 내 말을 중단시키고 미친 사람이라도 대하는 양 뚫어지게 바라보았다. 그러더니 갑자기 큰 소리로 껄껄 웃기 시작하였다.

"내 생각이 틀림없어" 하고 그는 말했다. "자네 바이올린을 켜지 않나?"

나는 웃옷의 주머니를 두드려 바이올린 소리를 들려주었다.

"정말이구나." 화가가 외쳤다. "이곳에 독일에서 온 백작 부인이 있었는데, 온 로마의 구석구석을 뒤지면서 두 화가와 바이올린을 켜는 젊은이를 찾고 있다네."

"독일에서 온 백작 부인이라고요?" 나는 놀라서 외쳤다. "집사장과 함께 다니지 않던가요?"

"그렇다네. 하지만 모든 걸 다 알지는 못해. 그녀의 여자 친구 집에서 몇 번 보았을 뿐이네. 그 여자 친구도 이 도시에 살고 있질 않아서 말이야. 자네는 그 백작 부인을 알고 있는가?"

그는 말을 계속하면서 구석으로 다가가 커다란 그림에 씌운 덮개를 끌어내렸다. 그러자 아침 햇살이 갑자기 내 눈을 부시게 하는 것 같았다. 거기 있는 것은 바로 그 아름답고 우아한 아가씨였다! 그녀는 검은 우단 옷을 입고 있었다. 한 손으로 얼굴에 드리운 베일을 올리고, 조용히 그리고 다정하게 멀리 아름다운 풍경을 바라보고 있었다. 오래 들여다볼수록 그곳은 성의 정원임에 틀림없었다. 꽃과 나뭇가지들이 바람에 흔들리고 있었고, 아래편 골짜기에는 내가 머물던 세관, 수풀 사이로 뻗어 있는 국도와 다뉴브 강, 그리고 멀고 푸른 산들이 보였다.

"그녀다. 바로 그녀다!" 나는 마침내 부르짖었다. 그리고 모자를 집어들기가 무섭게 문밖으로 뛰어나갔다. 층계를 내려가노라니 놀란 화가가 뒤편에서 외치는 소리가 들렸다.

"저녁 무렵엔 돌아오게나, 더 많은 사실을 알지도 모를 테니까!"

제 8 장

 나는 엄청나게 빠른 속력으로 시내를 향해 달렸다. 어제 저녁 아름다운 여인의 노래가 들렸던 그 저택을 다시 찾기 위해서였다. 거리의 모든 것이 활기에 넘쳐 있었다. 신사 숙녀들이 화창한 햇빛 속을 오가며 서로 고개를 숙여 유쾌한 인사를 나누었다. 멋진 마차들이 그 사이를 미끄러져 나갔다. 모든 탑으로부터는 미사를 알리는 종소리가 혼잡한 거리를 넘어 멀리 맑은 하늘로 울려 퍼졌다.
 나는 기쁨에 취한 듯 들뜬 기분으로 소음 속을 뚫고 곧장 내달렸다. 결국 내가 서 있는 곳이 어딘지 분간할 수가 없었다. 꼭 마술에 걸린 기분이었다. 분수가 있던 고요한 광장도, 정원도, 집도 다만 한바탕의 꿈이었던가? 밝은 대낮인데도 이 모든 것이 다시금 지상에서 사라져버렸단 말인가?
 광장의 이름을 몰랐기 때문에 사람을 붙잡고 물어볼 수도 없었다. 마침내 무더워지기 시작했다. 햇살은 이글대는 화살처럼 포도 위로 쏟아져 내렸다. 사람들은 집 안으로 기어들었고, 집집마다 다시 커튼이 드리워졌다. 온 거리가 순식간에 쥐죽은듯 고요해졌다. 나는 결국 낙심천만하여 어느 아름답고 큰 저택 앞에 몸을 던졌다. 기둥들이 둘러선 발코니가 넓은 그림자를 드리워주었다. 나는 한낮에 돌연 무서울 정도로 고요한 적막 속에 빠진 도시를 바라보았다. 또는 깊고도 푸른, 구름 한 점 없는 하늘을 올려다보기도 했다. 그러다가 마침내 몹시 피곤하여 가물가물 잠에 빠져들었다.

나는 꿈을 꾸었다. 나는 고향 마을의 쓸쓸한 풀밭 위에 누워 있었다. 후줄근한 여름 비가 한바탕 퍼붓더니 산 뒤로 막 넘어가는 태양이 밝은 빛을 발하였다. 잔디 위에 쏟아진 빗방울은 갖가지 예쁜 꽃들이었다. 나는 완전히 꽃 속에 파묻힌 꼴이었다.

눈을 떴을 때 나는 놀랐다. 정말로 아름답고 싱싱한 꽃들이 내 몸의 위와 옆에 널려 있는 게 아닌가! 나는 벌떡 일어났다. 그러나 특별한 무엇이 눈에 띄지는 않았다. 다만 내 머리 위에 창문이 하나 있고, 그 주위를 향긋한 관목과 꽃들이 뒤덮고 있었다. 그곳에 앵무새 한 마리가 앉아 끊임없이 주절대고 꽥꽥거렸다. 나는 흩어진 꽃들을 주워모아 꽃다발을 만들어서는 웃옷의 단춧구멍에 찔러 넣었다. 그런 다음 앵무새 녀석과 약간의 논쟁을 벌였다. 녀석은 금빛 새장 속에서 온갖 표정을 다 지으며 위로 아래로 오르내렸고, 그때마다 커다란 발톱으로 곡예를 부리듯 철삿줄에 매달렸다. 녀석이 생각보다 빨리 내게 욕지거리를 해댔다.

"바보 자식!"

비록 그게 생각이 없는 미물이었지만, 나는 잔뜩 약이 올랐다. 나도 맞받아 욕을 하고 보니, 피차 열이 오르고 말았다. 내가 독일어로 욕을 퍼부어대면 녀석은 이탈리아 욕으로 응수하였다.

갑자기 등뒤에서 누군가 껄껄 웃는 소리가 들렸다. 나는 재빠르게 뒤를 돌아다보았다. 오늘 아침에 만난 화가였다.

"자네 예서도 바보짓을 하고 있구먼 그래!" 하고 그가 말했다. "나는 벌써 삼십 분이나 자네를 기다리고 있었네. 날씨도 제법 선선해졌으니, 우리, 교외에 있는 어떤 정원으로 가 보세나. 거기 가면 동향인 몇 명을 만날 수 있을 걸세. 혹시 아나, 그 독일 백작 부인에 대해 더 자세한 소식을 접할 수 있을지?"

그 말이 내겐 정말 반가웠다. 우리는 즉시 산책길에 올랐다. 아직도 내 뒤에서 퍼붓는 앵무새의 욕지거리를 들으면서.

교외로 나와 별장들과 포도밭 사이로 난 좁다란 돌길을 한참 올라가노라니 높은 언덕 위에 조그만 정원이 하나 나타났다. 몇 명의 젊은 남녀가 푸른 잔디에 놓인 탁자에 둘러앉아 있었다. 우리가 들어서자마자, 모두들 우리 쪽을 향해 조용히하라는 신호를 보냈다. 그리곤 정원의 다른 한편을 가리켰다. 거기 무성한 잎새에 가려진 커다란 정자에 아름다운 여인 둘이 한 탁자에 마주앉아 있었다. 한 명은 노래를 부르고, 한 명은 기타를 치고 있었다. 두 사람 사이에는 다정하게 보이는 신사 한 명이 서서 조그만 막대를 가지고 이따금 박자를 맞추었다. 저녁 햇살이 포도나무 잎 사이에서 번쩍이면서, 때로는 탁자 위에 놓인 포도주 병과 과일 위에서, 때로는 기타를 든 여인의 눈부시게 하얀, 둥근 어깨 위에서 빛났다. 다른 여인은 황홀경에 빠진 듯 이탈리아 노래를 아주 능숙하게 불렀고, 그때마다 목의 힘줄이 한껏 부풀어올랐다.

그녀가 눈길을 하늘로 보내며 막 긴 장식음을 끝냈고 거기에 맞춰 옆의 남자가 알맞게 막대기를 들어올렸을 때, 그리고 정원의 모든 사람들이 잔뜩 숨을 죽이고 있을 때, 돌연 정원의 문이 활짝 열리면서 아주 흥분한 소녀 하나가 뛰어들었다. 그 뒤를 창백한 얼굴의 청년이 따라붙으면서 대판 싸움이 벌어졌다. 놀란 지휘자는 막대기를 높이 쳐든 채 돌로 변한 마법사처럼 서 있었다. 비록 여가수가 이미 긴 트릴을 중단하고 발끈하여 일어섰음에도 불구하고. 다른 사람들도 모두 화가 나서 이 침입자들을 비난하였다.

"야만인 같으니라고!" 둥근 탁자 앞에 앉은 남자가 청년을 향해 외쳤다. "네놈은, 1814년 가을 베를린의 전시회에 출품된 훔멜의 빼어난 그림에 대해 고 호프만이 1816년에 『여성백과』 347쪽에서 묘사한 그 아름답고 의미심장한 장면으로 뛰어들었구나!"

그러나 그런 말도 소용없었다.

"뭐라고요!" 하고 청년이 대꾸했다. "아름다운 그림이 어쨌다는 건가요! 내가 그린 그림은 다른 사람들도 볼 수 있지만, 이 계집앤 나 혼자만의 것이에요! 그러니 난 이앨 차지해야겠어요. 이 앙큼한 것, 이 거짓말쟁이!"

그는 다시금 불쌍한 소녀를 다그쳤다.

"이 못된 것. 넌 미술 작품 속에선 은빛만을, 시 작품 속에선 황금 실만 찾으면 그만이란 말이지. 사랑 따윈 아랑곳 않고 보석이면 다라고? 이제부터 정직한 그림쟁이 대신 콧잔등엔 다이아몬드, 훌렁 벗겨진 대머리엔 은 장식이, 몇 올 남지 않은 머리털엔 금 장식이 달려 있는 공작 나부랭이나 찾아보아라! 자, 좀 전에 감춘 부정한 편지 어서 내놔! 또 무슨 꿍꿍이 짓이지? 어떤 놈이 보낸 거야, 아니면 어떤 놈에게 보낼 거야?"

그러나 소녀는 완강하게 거절하였다. 사람들이 성난 청년을 에워싸고 큰 소리로 위로하면서 진정시키려 애썼다. 그럴수록 청년은 더 열을 내면서 미쳐 날뛰었다. 소녀 역시 입을 다물지 않고 연신 종알거렸다. 급기야는 울음을 터뜨리면서 떠들썩한 사람들 사이를 헤치고 달려오더니, 돌연 어이없게도 내 품속으로 뛰어들면서 도움을 청하는 것이었다.

나는 곧장 방어 자세를 취하였다. 다른 사람들은 소란스러움 때문에 우리의 상황을 즉시 눈치채지 못했다. 그러자 소녀는 갑자기 내 쪽으로 머리를 치켜들더니 아주 태연한 얼굴로 나지막하게, 그러나 재빠르게 내 귀에 대고 속삭였다.

"이 지겨운 세관원 양반! 이 모든 고역이 당신을 위한 거란 말예요. 이 빌어먹을 종이쪽을 얼른 집어 넣어요. 우리가 살고 있는 집 주소는 그 편지에 씌어 있어요. 꼭 정해진 시각에 와야 해요. 문을 들어서거든 오른편의 한적한 길을 따라 계속 나아가세요!"

나는 놀란 나머지 한마디 말도 할 수 없었다. 그녀를 찬찬히 살펴보자 곧 정체를 알 수 있었다. 바로 그 아름다웠던 토요일 내게 포도주를 갖다 주었던, 성의 새침데기 시녀였던 것이다. 잔뜩 흥분한 채 내게 기대어 까만 머리채를 내 팔 위에 드리우고 있는 지금보다 더 아름답게 느낀 적이 없었다.

"그런데 아가씨, 여긴 어떻게?" 나는 놀란 표정으로 말했다.

"제발 조용히, 지금은 조용히!"

그녀는 대답하고는, 내게 생각할 겨를도 주지 않고 잽싸게 내 곁을 떠나 정원의 다른 쪽으로 달아났다.

그동안 다른 사람들은 처음의 소란을 완전히 잊어버렸다. 그들은 아주 유쾌한 논쟁을 벌이면서 젊은이를 설득하려고 했다. 즉 자네는 술이 과했구먼, 명예를 사랑하는 화가가 그래서 쓰겠나, 무얼 얻기를 기대하겠나, 등등.

정자에 있었던 뚱뚱한 신사 ─ 나중에 안 일이지만, 그는 정평 있는 예술 애호가로서 학문을 위한 일이면 무슨 일이건

마다하지 않는 사람이었다 — 도 지휘봉을 던져버리고 소동의 한복판에 가담하였다. 그 통통한 얼굴에 한껏 다정한 표정을 지으며 모든 사람들을 열심히 중재하고 달래려 하였다. 그러면서도 그가 애써 마련한 연주회와 좋은 분위기가 망쳐진 데 대해 안타까워했다.

그러나 나의 마음은 별처럼 환히 빛나고 있었다. 창가에 포도주 병을 놓고 밤이 깊도록 바이올린을 연주했던, 저 행복했던 토요일처럼. 소란이 좀처럼 끝나지 않기에 나는 얼른 바이올린을 꺼내 오래 생각하지 않고 남국의 무도곡 하나를 연주했다. 내가 그 적적한 고성에서 배워서 산중 마을 사람들을 춤추게 했던 그 무도곡이었다.

그러자 모두들 머리를 치켜들었다.

"브라보, 브라보, 멋진 생각이다!"

유쾌한 예술 애호가가 외쳤다. 그는 즉시 이사람 저사람을 끌어내 소위 시골의 발레를 추게 하였다. 그 자신은 정자에서 노래하던 여인에게 손을 내밀어 시작을 장식하였다. 그의 춤 솜씨는 대단하였다. 발끝으로 잔디 위에 갖가지 글씨를 쓰기도 하고, 발을 부딪쳐 장단을 맞추거나 이따금 멋진 도약도 보여주었다. 그러나 그는 곧 헉헉대었다. 몸집이 비대했기 때문이었다. 점점 짧고 불안한 점프를 하더니, 급기야 완전히 무리에서 빠져나와 심한 기침을 하면서 하얀 수건으로 줄곧 이마의 땀을 훔쳐내었다.

그동안 젊은이도 완전히 기분이 풀려 집 안으로부터 캐스터네츠를 가져왔다. 눈 깜짝할 사이에 모두들 나무 밑에서 얽혀 춤추고 있었다. 지는 해가 아직도 붉은 반사광을 어두운 그림자들 사이로, 그리고 오랜 담장과 정원의 뒤편, 담쟁이 덩굴로 뒤덮인, 반쯤 가라앉은 돌기둥들 위를 비추었다. 저편 포도밭 아래쪽으로 석양빛을 받고 있는 로마 시가 있었다.

공기 맑고 고요한 잔디밭 위에서 모두들 신명나게 춤을 추었다. 나는 마음속에서 솟구치는 흥겨움에 함박웃음을 날렸다. 시녀까지 합세한 날씬한 처녀들이 팔을 쳐들고 마치 숲속의 요정처럼 나뭇잎 사이를 선회하였고, 그때마다 허공으로 캐스터네츠 소리가 유쾌하게 울려대었다. 나는 더 이상 참을 수가 없었다. 그들 한가운데로 껑충껑충 뛰어들어서는 정신없이 바이올린을 켜면서 참으로 멋진 춤사위를 연출해 내었다.

나는 꽤 오랫동안 뛰면서 함께 돌아갔다. 다른 사람들이 지쳐서 하나둘 잔디를 떠나는 것도 모를 정도였다. 그때 누군가 뒤에서 내 옷자락을 잡아당겼다. 바로 그 시녀였다.

"바보가 따로 없군요." 그녀가 나지막이 속삭였다. "마치 산양처럼 뛰고 있다니! 쪽지를 잘 살펴보고 곧 찾아오도록 해요. 아름다운 백작 아가씨가 기다리고 있답니다."

그녀는 어스름 속에서 정원 문을 살며시 빠져나가더니 곧 포도밭 사이로 사라져버렸다.

내 가슴은 쿵쿵 뛰었다. 생각 같아서는 당장 뒤따라 뛰어가고 싶었다. 날은 벌써 어두워졌다. 다행히 하인이 정문에 달린 커다란 등에 불을 밝혔다. 나는 그 옆으로 다가가 얼른 쪽지를 꺼냈다. 꽤 흘려 쓴 연필 글씨로, 시녀가 좀 전에 일러준 길과 문이 그려져 있고, 곁들여서 이런 글이 적혀 있었다.

'11시에 작은 문에서.'

아직 두세 시간이나 남았구나! 그럼에도 불구하고 나는 즉시 떠나려고 했다. 기다리고 있을 만큼 마음의 여유가 없었던 것이다. 그때 나를 데려온 화가가 다가왔다.

"그 처녀애와 얘기해봤는가? 이젠 보이질 않는데. 그애가 바로 그 독일 백작 부인의 시녀일세."

"조용히, 조용히!" 나는 대답하였다. "그 백작 아가씨는 아직 로마에 있답니다."

"그럼 더욱 잘됐군." 화가가 말했다. "어서 오게나. 그녀의 건강을 위해서 축배를 드세!"

그리곤 내켜하지 않는 나를 억지로 끌고 정원으로 되돌아갔다.

그동안 정원은 텅 비고 썰렁한 분위기였다. 즐거운 손님들은 각자 동반자의 팔짱을 끼고 시내 쪽으로 향하였다. 그들의 떠드는 소리며 웃음 소리가 고즈넉한 저녁의 포도밭 사이에서 들려오다가 점점 멀어져가더니 급기야는 깊은 계곡, 나무들의 수런거림과 졸졸 흐르는 개울물 소리에 묻혀버렸다. 나는 여전히 화가와 에크브레흐트 씨 — 좀 전까지 소란을 피웠던 젊은 화가 — 와 함께 위편에 머물러 있었다.

달빛은 정원의 크고 어두운 나무들 사이에서 교교히 빛났다. 탁자 위에 놓인 등불이 바람결에 나풀대면서 탁자에 엎지른 포도주 위에서 어른거렸다. 나는 함께 앉아 있을 수밖에 없었다. 화가는 나의 집안, 여행, 인생 계획 따위에 대해 함께 이야기를 나누었다. 그러나 에크브레흐트 씨는 우리에게 포도주를 갖다 준 술집의 아리따운 아가씨를 무릎 위에 앉혔다. 그리고 그녀의 팔에 기타를 안겨주고는 노래 한 곡을 퉁기도록 가르쳐주었다. 그녀가 곧 그 조그만 손으로 기타 다루는 법을 알게 되자 둘은 함께 이탈리아 노래를 불렀다. 그가 한 소절, 그녀가 한 소절을. 그 노래는 아름답고 조용한 저녁을 기막히게 장식하였다.

아가씨가 불려가자 에크브레흐트 씨는 기타를 들고 다시 벤치에 기대어 앉았다. 그는 두 발을 앞에 놓인 의자 위에 올려놓더니 우리를 전혀 아랑곳하지 않고 혼자 독일과 이탈리아의 멋진 노래들을 불렀다. 그동안 별들이 맑은 하늘을 수놓았고, 달빛을 받은 대지가 온통 은빛을 띠었다. 나는 아름다운 아가씨와 먼 고향을 생각하느라 옆에 있는 화가를 까맣게 잊고 있었다. 에크브레흐트 씨는 이따금 기타의 현을 조절해야 했다. 그때마다 그는 여간 짜증을 내는 게 아니었다.

악기의 현을 팽팽히 당기다가 결국은 줄 하나를 끊어먹고야 말았다. 그는 기타를 내던지고 벌떡 일어났다. 그제야 화가가 탁자 위에 팔을 괴고 곯아떨어져 있음을 알아차렸다. 그는 탁자 옆 나뭇가지에 걸어두었던 하얀 외투를 내려 걸쳤다. 그러나 돌연 생각에 잠긴 시선으로 처음엔 화가를, 다음엔 나를 몇 차례 쏘아보았다. 그리곤 오래 생각지 않고 내 앞의 탁자에 주저앉았다. 헛기침을 하고 넥타이를 풀어헤치더니 갑자기 나를 향해 한바탕 연설을 늘어놓기 시작했다.

"친애하는 동향인 친구!" 하고 그는 서두를 꺼냈다. "포도주 병도 거의 비어버렸네. 도덕이 땅에 떨어질 때마다 말할 나위 없이 첫째가는 시민의 의무는 모랄이기 때문에, 나는 동향인으로서의 공감대를 가지고 자네에게 몇 가지 도덕성을 일깨워줘야겠다는 충동을 느끼는 바일세."

그는 말을 이었다.

"사람들은 이렇게 생각했을걸. 자네의 복장이 좀 철 지난 감이 있지만 자네가 괜찮은 젊은이라고. 어쩌면 이렇게 생각할지도 모르지. 아까는 사티로스[4]처럼 멋진 춤을 추었다고. 아니, 몇몇은 이렇게 주장하고 싶을 거야. 이 고장에 나타나 바이올린을 켜는 모습을 보니 영락없는 뜨내기로구나, 하고. 하지만 나는 그런 피상적인 평가에 집착하지 않네. 자네의

---

4) 그리스 신화에 나오는, 반은 인간, 반은 짐승의 모습을 한 숲의 신.

그 잘생긴 뾰족코를 보아하니 필경 비길 데 없는 천재이리라 짐작되네."

나는 주제넘은 그의 말투에 화가 나서 얼른 적절하게 응수해주려고 했다. 그러나 그는 말할 틈을 주지 않았다.

"이보게, 자네는 벌써 이 어쭙잖은 칭찬에 우쭐해졌단 말인가? 잠시 물러나서 이 위험한 속성에 대해 심사숙고해보게나. 우리 천재들은 — 나 역시 그 중 하나라서 말이지만 — 세상이 우리에게 하는 것처럼 세상에 대해 별 관심이 없네. 특별한 대접도 받지 못하고, 우리가 태어날 때 가져온 칠리화(七里靴)[5]를 신고 바로 영원을 향해 걸어가는 것일세. 오 참으로 딱하고 불편한 자세라니! 한 발은 아침 해와 어린이들의 얼굴이 어른대는 미래 속에, 다른 한 발은 로마 한복판 포폴로 광장에 뻗어 있으니 전세계가 기회를 노리고 발이 빠지도록 우리의 장화를 붙잡고 늘어지는 거지! 경련을 일으키는 것, 술을 마시는 것, 굶주림에 시달리는 것, 이 모두가 다만 불사의 영원을 위한 거야! 저 벤치 위에서 잠든 친구를 보게나. 그도 역시 천재일세. 그에겐 벌써 시간이 너무 긴 것이 되었네. 영원 속에 들어간 다음에 무얼 시작할 것인가? 자 존경하는 친구여, 자네와 나, 그리고 태양, 우리는 오늘 아침 함께 일어나 온종일 사색하면서 그림을 그렸네. 모든

---

5) 한걸음에 7마일을 갈 수 있다는 장화. 독일 민담에 자주 등장한다.

것은 아름다웠네. —그런데 이제는 몽롱한 밤이 그의 옷소매로 온 세상을 뒤덮고 온갖 색채를 지워버렸네."

그는 끊임없이 지껄여대었다. 춤추고 술 마시며 헝클어진 머리카락이 달빛에 반사되어 영락없이 송장처럼 창백해 보였다.

나는 벌써부터 그와 그의 거친 말이 두려웠다. 그가 잠자고 있는 화가 쪽을 향하고 있는 게 분명하다 싶을 때, 나는 그 기회를 이용해 눈에 띄지 않게 살며시 빠져나왔다. 홀로, 그러나 기쁨에 넘치는 마음으로 정원을 나와 포도밭 울타리를 지나 멀리 달빛 번쩍이는 골짜기를 향해 내려갔다.

시내의 시계탑으로부터 10시를 알리는 소리가 들려왔다. 뒤에서는 밤의 적막을 뚫고 기타 소리가 간간이 들려왔고, 이제는 집으로 돌아가는 두 화가의 음성이 이따금 섞여왔다. 나는 더 이상 귀찮은 질문을 받지 않으려고 될 수 있는 대로 빨리 달려갔다.

성문 앞에서 나는 곧장 오른쪽으로 방향을 틀었다. 그리고 두근거리는 가슴으로 재빨리 고요한 집들과 정원을 지나갔다. 불쑥 분수가 있는 광장이 눈앞에 나타났을 때 나는 얼마나 놀랐던지. 오늘 낮에 그토록 찾아도 보이지 않았던 광장이 말이다. 거기에 그 쓸쓸한 저택이 빛나는 달빛 속에 다시 서 있었다. 그리고 그 아름다운 여인이 정원에서 어젯밤과 똑같은 이탈리아 노래를 부르고 있었다.

나는 놀라움에 가득 차 처음엔 쪽문을, 급기야는 있는 힘을 다해 정원으로 통한 문을 밀어보았다. 그러나 모두 다 잠겨 있었다. 시계가 아직 11시도 치지 않았다는 사실에 생각이 미쳤다. 나는 시간이 느리게 가는 데 짜증이 났다. 그러나 어제처럼 정원의 담을 넘는 것은 신사다운 행동이 아니었다. 때문에 나는 얼마 동안 쓸쓸한 광장을 이리저리 거닐었다. 그러다가 마침내 상념에 잠겨, 그리고 은밀한 기대감에 넘쳐 다시금 석조 분수의 가장자리에 앉았다.

하늘에는 별들이 반짝거리고, 광장은 모두 텅 빈 채 고요하였다. 나는 기쁨에 가득 차 분수의 속삭임 사이로 울려오는 아가씨의 노래에 귀를 기울였다. 그때 돌연 하얀 형체 하나가 광장의 다른 편에서 다가오더니 곧장 문 쪽으로 걸어갔다. 나는 흐릿한 달빛 속에서 날카롭게 그쪽을 응시했다. 그것은 바로 흰 외투를 걸친 그 난폭한 화가였다. 그는 재빨리 열쇠를 꺼내 문을 열고는 눈 깜짝할 사이에 정원 안으로 사라졌다.

나는 처음부터 이 화가에 대해 그 몰상식한 언사 때문에 야릇한 반감을 갖고 있었다. 그러나 이제는 이성을 잃을 정도로 완전히 분노에 빠졌다. 나는 생각했다. 저 방탕한 천재 녀석이 고주망태가 되어 시녀에게서 열쇠를 빼앗은 게 틀림없어. 이제 우리 아가씨에게 잠입한 후 본성을 드러내서 덮치려고 하는 거야. ─나는 열려진 쪽문을 통해 정원 속으로 달려 들어갔다.

 들어가니 그 안은 아주 조용하고 쓸쓸하였다. 집 안으로 통하는 문이 활짝 열려 있었다. 우유처럼 하얀 불빛이 안에서 새어나와 문 앞의 풀잎과 꽃들 위에서 빛났다. 나는 멀리 안쪽을 들여다보았다. 거기 등불이 은은하게 밝혀져 있는 멋진 초록색 방 안에 아름답고 우아한 여인이 있었다. 그녀는 기타를 안고 긴 비단 소파에 앉은 채 밖에서 다가오는 위험을 전혀 눈치채지 못하였다.

 나는 오래 지켜볼 여유가 없었다. 그 하얀 형상이 관목숲의 뒤편에서 나와 집 안으로 숨어들고 있었기 때문이었다. 그동안에도 우아한 여인은 내 마음에 사무치도록 애달픈 노래를 부르고 있었다. 나는 더 이상 생각할 시간이 없었다. 쓸 만한 나뭇가지 하나를 꺾어 들고 곧장 하얀 외투를 향해 달렸다. 그리고 온 정원이 떠나가라 목이 터지게 외쳤다.

 "살인이다!"

 화가는 달려오는 나를 어리둥절하여 바라보다가 재빨리 몸을 피하면서 기겁을 해 소리를 질렀다. 그러나 나의 외침이 그의 것을 눌러버렸다. 그는 집을 향해 달아났고, 나는 그의 뒤를 쫓아갔다. 그러나 그를 거의 잡았다 싶은 순간 내 두 발이 망할 놈의 꽃나무에 걸려 나는 그만 문 앞에 큰대자로 나둥그러지고 말았다.

 "바로 당신이었군요, 바보 같으니라고!" 위에서 들려오는 소리였다. "놀라 자빠질 뻔했잖아요."

나는 벌떡 일어났다. 눈에 묻은 모래와 흙을 씻어내고 보니, 내 앞에 그 시녀가 서 있는 게 아닌가! 황급히 뛰어가는 통에 어깨에 걸쳐져 있던 하얀 외투가 벗겨졌다.

"하지만 화가가 여기 오지 않았나요?"

나는 어안이벙벙하여 물었다.

"물론 왔지요." 그녀가 톡 쏘는 말투로 대꾸했다. "좀 전에 문 앞에서 만났는데 내가 추워하니까 입혀줬던 거예요."

떠들썩한 소리에 우아한 여인이 소파에서 일어나 우리가 있는 문 쪽으로 다가왔다. 내 가슴은 터질 듯 두근거렸다. 그러나 그녀를 바라보고 나는 다시 한 번 놀라고 말았다. 눈앞에 불쑥 나타난 건 아름다운 아가씨가 아니라 전혀 낯선 얼굴이었다!

몸집이 크고 억세어 보이는 부인이었다. 오만한 매부리코에 높게 치솟은 검은 눈썹이 돋보이는 미인이었다. 그녀는 이글대는 커다란 눈으로, 압도하듯이 나를 바라보았다. 나는 미안하여 어찌할 바를 몰랐다. 나는 너무나 당황한 나머지 연방 용서를 구하다가 급기야는 그녀의 손에 입을 맞추려 하였다. 그러나 그녀는 재빨리 손을 빼내고는 시녀에게 나도 모르는 이탈리아어로 소리쳤다.

그동안 좀 전의 내 외마디소리 때문에 온 이웃이 깨어나고 말았다. 개들이 짖어대고 아이들은 울음을 터뜨렸다. 몇 명의 남자들은 두런거리며 정원 쪽으로 점점 다가오고 있었다. 부인은 다시 한 번 그 불덩이 같은 눈으로 나를 꿰뚫을 듯이 쏘아보고는 급히 방 쪽으로 몸을 돌렸다. 그리고 거만하고 쥐어짜는 듯한 웃음 소리를 남기고 내 코앞에서 문을 쾅 하고 닫아버렸다.

그러자 시녀가 지체 없이 내 옷자락을 잡더니 정원의 쪽문 쪽으로 끌고 갔다.

"당신은 또 한 번 바보 같은 짓을 했군요."

그녀는 걸어가면서 나에게 악의에 찬 핀잔을 퍼부었다. 이젠 나도 배알이 뒤틀렸다.

"이런 빌어먹을! 당신이 날 이리로 오라지 않았어요?"

"그야 그렇지요" 하고 시녀가 외쳤다. "우리 아가씨께서 당신에게 호감을 가졌단 말예요. 그래서 창밖으로 꽃다발을 던지기도 하고 또 노래를 불러준 거예요. 하지만 이게 저분에게 보내는 보상이란 말인가요? 이젠 졸지에 모든 게 다 틀려버렸어요. 굴러온 행운을 당신 자신이 짓밟아버린 거예요."

"하지만 내가 생각한 아름다운 백작의 따님은 독일 분이오."

"아" 하고 그녀가 말을 막았다. "그녀는 벌써 오래 전에 독일로 돌아갔어요. 당신의 미치광이 사랑도 함께 갖고 갔지요. 그러니 다시 그 꽁무니나 따라가세요! 그렇지 않아도 그녀가 당신을 애타게 기다린답니다. 만나면 함께 바이올린을 켜면서 달빛을 바라볼 수 있겠죠. 하지만 두 번 다시 내 눈앞엔 나타나지 말아요!"

그때 우리 뒤쪽에서 엄청난 소동이 벌어지고 있었다. 이웃집 정원들로부터 몽둥이를 든 사람들이 울타리를 넘어 급히 달려오고 있었다. 몇몇은 도망을 치고, 몇몇은 달아날 길을 찾고 있었다. 잠옷 바람의 겁먹은 얼굴들이 달빛 아래에서 울타리 이곳저곳을 살피고 있었다. 마치 도깨비가 모든 울타리며 덤불로부터 갑자기 온갖 떨거지들을 부화해 내보내는 것 같았다. 시녀는 망설이지 않았다.

"저기 저쪽으로 도둑놈이 도망가요!"

그녀는 사람들을 향해 외치면서 정원의 다른 쪽을 가리켰다. 그리곤 재빨리 나를 정원 밖으로 밀어내고 등뒤에서 문을 꽝 하고 닫았다.

나는 이제 자유로운 몸이 되어 어제 왔었던 듯한 그 조용한 광장에 외롭게 홀로 서 있었다. 좀 전까지도 달빛 아래서 천사가 오르내리듯 즐겁게 일렁이던 분수가 지금도 계속 물을 뿜고 있었다. 그러나 그동안 내 모든 기쁨과 즐거움은 분수 속으로 사라져버렸다. 나는 굳게 결심하였다. 미치광이 화가며 등자나무며 시녀가 있는 이탈리아를 영원히 등지겠노라고. 나는 눈 깜짝할 사이에 성문을 나와 터벅터벅 걸어갔다.

제 9 장

우뚝 솟은 산들이 나를 바라본다.
"이 고요한 아침에 허위단심
낯선 황야를 지나는 자 누구냐?"
하지만 산을 바라보는 나
넘치는 기쁨에 웃음이 피어나고,
가슴속 깊은 곳에서 터져 나오는
환희의 구호는 바로
오스트리아 만세!

온 천지가 날 알아보는 듯
시냇물과 새들 다정하게
주변의 숲들도 인사를 보내준다.
계곡 아래 반짝이는 다뉴브 강
슈테판 성당의 뾰족탑 멀리에서
산과 나를 반기리니,

곧 나타날 그 모습
오스트리아 만세!

나는 높은 산 위에 서 있었다. 처음 오스트리아가 내려다 보이는 곳이었다. 나는 기쁜 나머지 모자를 벗어 흔들면서 노래의 둘째 절을 불렀다. 그때 갑자기 뒤편 숲속에서 멋진 관악기의 선율이 섞여들었다. 얼른 돌아보니, 길고 푸른 외투를 걸친 세 젊은이가 있었다. 한 명은 오보에를, 다른 한 명은 클라리넷을, 낡은 삼각모자를 쓰고 있는 세번째 젊은이는 호른을 불었다. 그들이 돌연 내 노래에 반주를 넣는 바람에 온 숲속에 멜로디가 넘쳐흘렀다.

나는 지체하지 않고 바이올린을 꺼내 연주하면서 새로운 노래를 또 불렀다. 그러자 미심쩍은 듯 그들은 서로의 얼굴을 바라보았다. 우선 호른 연주자가 잔뜩 부푼 뺨을 오므리면서 호른을 내려놓자 연주는 파장이 났다. 그들은 나를 바라보았다. 나 역시 놀라서 연주를 멈추고 그들을 마주보았다.

"우리들은 이렇게 생각했지요" 하고 호른 연주자가 말했다. "긴 연미복을 입은 걸 보아하니 여행 중인 영국 신사인가 보다, 이곳을 거닐며 아름다운 자연을 감상하는 모양인데, 노잣돈이나 좀 벌어볼까, 하고요. 그런데 알고 보니 당신도 음악가로군요."

"사실은 세관원이랍니다" 하고 나는 대꾸했다. "저는 막 로마에서 오는 길입니다. 오랫동안 수입이 별로 없었기에 오는 도중엔 바이올린을 켜서 연명해왔지요."

"요즘은 벌이가 시원치 않아요!" 호른 연주자가 말했다. 그는 다시 숲으로 걸어가 삼각모자를 벗어 들고 그들이 피워놓은 모닥불을 부쳤다.

"그래도 관악기가 좀 나은 편이죠." 그가 말을 계속했다. "사람들이 아주 조용히 점심 식사를 하고 있다고 합시다. 우리들은 불쑥 마당 안으로 들어가 셋이 함께 있는 힘을 다해 불기 시작하지요. 그러면 대개 돈과 음식을 든 하인이 뛰어나오게 마련이지요. 음악 소리가 너무 시끄러워서 말예요. 그건 그렇고 우리들과 간식이나 함께 들지 않겠습니까?"

모닥불이 아주 재미있게 숲속에서 남실거렸다. 상쾌한 아침이었다. 우리는 모두 잔디 위에 빙 둘러앉았다. 그들 중 두 명이 커피와 우유가 들어 있는 냄비를 불에서 내려놓았다. 그리고 외투 주머니에서 빵을 꺼내 커피에 적시거나 냄비 속의 커피를 돌려가며 마시기도 했다. 아주 맛있는 간식 때문에 그들은 한결 더 즐거운 듯하였다. 그러나 호른 연주자가 말했다.

"나는 검은 음료는 질색이야."

그리곤 두 개가 겹쳐진 커다란 버터 조각의 절반을 내게 권하면서 포도주 한 병을 내놓았다.

"당신도 한 모금 들지 않겠어요?"

나는 단숨에 마셨다. 그러나 재빨리 병에서 입을 떼면서 얼굴을 잔뜩 찌푸렸다. 술맛이 고약했던 것이다.

"이 지방에서 나는 포도주입니다" 하고 호른 연주자가 말했다. "독일의 술맛을 이탈리아에서 망친 모양입니다그려."

그는 배낭 속을 열심히 뒤지더니, 마침내 온갖 잡동사니 속에서 낡고 구겨진 지도 한 장을 꺼냈다. 표지엔 잘 차려 입은 황제가 오른손엔 왕홀을, 왼손엔 지구의를 들고 있는 그림이 있었다. 호른 연주자는 지도를 땅 위에 조심스레 펼쳐 놓았다. 다른 동료들도 가까이 다가와 어떤 길을 택할 것인지를 함께 의논하였다.

"방학도 곧 끝나가네." 그들 중 하나가 말했다. "우리가 당장 린츠에서 왼쪽으로 틀어야 제때에 프라하에 들어갈 수 있네."

"정말 프라하로 가려나?" 호른 연주자가 외쳤다. "거기 가면 누구 앞에서 연주를 하지? 산림지기와 석탄 캐는 광부밖에 없는 곳에서 말이야. 그곳엔 세련된 예술적 취향도 적당한 무료 숙박소도 없다네!"

"오 바보 같은 소리 그만 하게나!" 다른 하나가 응수했다. "농부들이야말로 우리의 가장 절친한 친구들일세. 우리의 고충을 가장 잘 알아주고, 이따금 악보와 틀리게 연주해도 전혀 흠을 잡지 않는단 말일세."

"자넨 Point d'honneur (명예심)도 없단 말인가?" 호른 연주자가 말했다. "Odi profanum vulgus et arceo(세속화된 대중을 미워하고 멀리하라)고 라틴어 작가가 말하지 않던가?"

"하지만 가는 길에 교회당들이 있을 거야" 하고 세번째 친구가 말했다. "목사님께 말씀드리면 잠자리를 얻을 수 있겠지."

"순종하는 종 노릇이나 하려고!" 호른 연주자가 말했다. "돈은 쥐꼬리만큼 얻고 엄청난 설교를 들어야 할걸. 쓸데없이 세상을 떠돌아다니지 말고 좀더 학문에 정진하게나, 운운. 특히 우리가 장차 그들과 형제가 되리라는 낌새를 채는 날에는 더 가관이겠지. 아니지, 아니야. Clericus clericum non decimat(승려는 승려를 적대시하지 않는다)라고 하지 않던가. 그건 그렇고, 도대체 서두를 이유가 뭔가? 교수님들은 아직도 칼스바트의 휴양지에 앉아 있을 텐데. 언제 개강 날짜를 정확히 지킨 적이 있던가?"

"맞는 말일세. Distinguendum est inter et inter(하지만 서로 간에는 구별이 있는 법)" 하고 다른 하나가 대답했다. "Quod licet Jovi, non licet bovi!(갑에게 적당하다고 을에게도 적당한 게 아니지!)"

나는 이제, 그들이 프라하 대학의 신학생들임을 알아차렸다. 라틴어가 입에서 물 흐르듯이 줄줄 나오는 그들이 존경스럽기 짝이 없었다.

"당신도 대학생인가요?" 호른 연주자가 내게 물었다. 나는 겸손하게 대답했다. 늘 공부할 마음은 간절한데 학비 조달이 쉽지 않노라고.

"그건 전혀 문제가 되지 않습니다" 하고 호른 연주자가 외쳤다. "우리들 역시 돈도 부유한 친척도 갖고 있지 못하답니다. 하지만 머리를 써서 우리의 문제를 해결해 나가는 거지요. Aurora musis amica 라 했지요. 이걸 독일어로 옮겨보면 이렇습니다: 아침밥을 많이 먹느라 시간을 낭비하지 말아라. 요컨대 점심때를 알리는 종소리가 탑에서 탑으로 산에서 산으로 울리며 온 마을로 퍼져 나갈 때면 학생들이 환성을 지르며 낡고 침침한 강의실에서 쏟아져 나오는 겁니다. 그러면 햇빛 쏟아지는 거리가 어느새 학생들로 와글거리게 되지요. 그때 우리들은 카푸친파[6] 교회의 주방장 일을 보는 신부님을 찾아가지요. 그러면 대개 우리를 위해 점심 상을 차려주시죠. 상을 차려주지 않더라도 각자가 먹을 만큼 넉넉한 음식이 준비되어 있습니다. 우리는 물어보지도 않고 양껏 먹은 후 라틴어 공부까지 복습을 하는 겁니다. 알겠어요? 우리는 이렇게 하루하루 공부를 계속해 나가고 있어요. 그러다가 이윽고 방학이 되어 모두 마차를 타고 부모님께로 달려갈 때, 우리는 외투 속에 악기를 감춰 넣고 마을을 떠나는 겁니다. 그러면 온 세상이 우리 앞에 활짝 열려 있지요."

---

6) 프란체스코 교단의 한 분파로 16세기 초에 창립되었다.

그의 얘기를 듣는 동안 내 마음이 왜 그다지 찡하였는지 모르겠다. 저렇게 박식한 사람들이 완전히 버림받아 세상을 떠돌아다니고 있다니. 내 처지를 생각해보건대 그들과 다를 것이 하나도 없었다. 나는 눈시울이 뜨거워졌다.

  호른 연주자가 눈을 휘둥그래 뜨면서 나를 응시하였다.

 "아무려면 어떻습니까?" 그는 다시 말을 이었다. "나는 말을 타고 맛있는 커피를 마시며 정갈한 침대에다 장화 벗겨주는 하인을 거느린 여행 따윈 하고 싶지 않아요. 멋진 여행이란 바로 이런 거지요. 아침 일찍 길을 떠나 머리 위를 나는 철새들과 벗하며 나아가는 것, 오늘은 뉘 집 굴뚝에서 우리를 위해 연기를 피워낼지 모르고, 저녁나절까지 어떤 행운이 우리를 기다리고 있는지도 전혀 예측하지 못하는 그런 여행 말이지요."

 "그렇고말고요" 하고 다른 친구가 말했다. "우리가 도착한 곳이 어디든 악기를 꺼내 들기만 하면 모두들 흥겨워하지요. 점심때쯤 시골의 부잣집에 들어가 마당에서 악기를 연주할라 치면 처녀들이 문 앞에서 어울려 춤을 춥니다. 주인집 가족들도 음악을 더 또렷이 듣기 위해 식당 문을 빠끔히 열어놓습니다. 그러면 문틈으로 접시 달그락거리는 소리와 고기 굽는 냄새가 즐거운 노래 속으로 스며듭니다. 식탁의 처녀들이 밖의 악사들을 보려고 목을 길게 빼고요."

 "아무렴, 아무렴." 호른 연주자가 눈을 빛내면서 외쳤다.

"다른 학생들은 교과서나 외우고 앉아 있으라지. 우리는 그동안 사랑하는 하느님이 우리에게 펼쳐준 커다란 그림책을 공부하는 거야. 하느님만은 믿어주실걸. 우리가 바로 멋진 성직자가 되리라는 것을. 농부들에게 무슨 이야기를 해야 될지를 알고, 알맞을 때 주먹으로 설교단을 침으로써 예비 성직자들의 마음을 감동과 회한으로 터지게 만들 테니까 말이야."

그들이 말하는 동안 내 마음 역시 흥겨워지는 게 당장이라도 함께 공부하고픈 마음이 굴뚝 같았다. 그들의 말은 조금도 물리지 않았다. 이렇게 유식한 사람들과 이야기를 나누다 보면 무언가 얻는 게 있으리라 싶었다. 그러나 기대했던 만큼 이성적인 대화까지 이르지는 못했다. 그들 중 하나가, 방학이 곧 끝나가는 것에 대해 걱정스런 태도를 보였기 때문이었다. 그는 재빨리 클라리넷을 조립하더니, 악보를 무릎 위에 올려놓고 미사곡 중의 어려운 소절을 연습하였다. 프라하에 도착해서 함께 연주할 곡이었다. 그는 앉은 채 열심히 손가락을 놀렸다. 그러나 이따금 음이 틀리며 쇳소리를 냈기 때문에 뼈에 사무치듯 오싹한 기분이 들었으며, 주고받는 말을 알아들을 수 없을 지경이었다.

그때 갑자기 호른 연주자가 베이스 음성으로 소리쳤다.

"옳지, 좋은 생각이 났다." 그는 유쾌하게 옆에 놓인 지도 위를 두드렸다. 클라리넷 연주자는 잠시 열심히 불어대던 동작을 멈추고 어리둥절한 눈으로 그를 바라보았다.

"내 말 좀 들어보게나" 하고 호른 연주자가 말했다. "빈에서 멀지 않은 곳에 성이 하나 있네. 그 성의 문지기 양반이 바로 내 사촌이야! 아주 좋은 사람이지. 우리, 그리로 가서 내 사촌께 경의를 표하기로 하세나. 그는 필경, 우리가 여행을 계속할 수 있도록 신경을 써줄 걸세."

그 말을 듣자 나는 벌떡 일어났다.

"바순을 부는 사람 아닙니까? 키가 크고 꼿꼿한 체구에 코가 크고 우아한 분 말예요?"

호른 연주자는 고개를 끄덕였다. 나는 기쁜 나머지 그를 얼싸안았다. 그 바람에 그의 머리에서 삼각모자가 땅에 떨어졌다. 우리는 즉시 결정하였다. 모두 함께 우편선을 타고 다뉴브 강을 내려가 그 아름다운 백작 부인의 성으로 향할 것을.

우리가 강가에 도착했을 땐 이미 출항 준비가 끝나 있었다. 밤새 선원들이 숙박했던 여관집 주인은 뚱보였다. 그는 문 앞에 서서 갖가지 유쾌한 농담을 던지며 작별 인사를 건넸다. 창문마다 처녀들이 머리를 내밀고 배로 짐을 나르는 선원들에게 다정히 머리를 끄덕였다.

회색 프록코트에 검은 머플러 차림의 중년 신사 하나가 선창에서 승선을 기다리면서 날씬한 몸매의 사내아이와 열심히 이야기를 나누고 있었다. 그 아이는 긴 가죽 코트에 꼭 끼는 진홍색 재킷을 입고 멋진 영국산 말 위에 올라타 있었다. 그들은 이따금 내 편을 바라보면서 나에 관해 이야기를 하는 것 같아 나를 당황하게 했다. 마침내 중년 신사는 소리내어 웃었고, 날씬한 소년은 말채찍을 찰싹 갈기고는 나는 새처럼 날렵하게 아침 바람을 가르며 빛나는 풍광 속으로 내달렸다.

그동안 학생들과 나는 각자의 주머니를 털었다. 호른 연주자가 몇 닢의 동전을 뱃삯으로 내밀자 선장은 껄껄 웃으면서 고개를 흔들었다. 승선 허락을 받자 우리는 재빨리 배 위에 뛰어올랐다. 다시 눈앞의 다뉴브 강을 바라보며 나는 환호작약하였다. 선장이 신호를 보내자 배는 출발하였다. 우리는 아름답기 짝이 없는 아침에 산과 초원 사이를 나는 듯이 미끄러져 내려갔다.

숲속에선 새들이 지저귀었다. 강의 양안으로부터 멀리 마을의 종소리가 들려왔다. 드높은 창공에선 이따금 종달새의 노래를 들을 수 있었다. 배 안에선 잔뜩 흥에 겨운 카나리아 한 마리가 한껏 목청을 돋우며 파드닥거렸다.

그 새는 배에 동승한 한 예쁜 소녀의 것이었다. 그녀는 새장을 바로 곁에 세워놓았다. 한쪽 겨드랑이에 조그만 옷 보따리를 끼고 아주 조용히 앉아서는 때로는 치마 밑에 비죽이 내민 새 신발을 만족스레 바라보기도 하고, 때로는 앞쪽 강물을 들여다보기도 했다. 그때마다 아침 햇살이 그녀의 하얀 이마 위에서 빛났고, 단정하게 가리마를 탄 머리카락이 나풀거렸다.

 대학생들은 그녀와 이야기를 나누고 싶은 표정이 역력했다. 그들은 연방 그녀의 곁을 맴돌았다. 호른 연주자는 헛기침을 하거나 때로는 넥타이를, 때로는 삼각모자를 만지작거렸다. 그들에겐 용기가 없었다. 소녀도 그들이 다가갈 때마다 살포시 눈을 내리깔곤 하였다.

 그들이 특히 어려워하는 사람은 회색 프록코트를 입은 중년 신사였다. 그는 배의 한쪽에 앉아 있었는데, 곧 그가 성직자임을 알 수 있었다. 그는 들고 온 기도서를 읽기도 하고, 이따금 책에서 눈을 떼고 아름다운 주변 경치를 둘러보기도 하였다. 기도서의 금박 글자와 그 안에 인쇄된 색색의 성화들이 아침 햇살을 받아 반짝거렸다. 그동안 목사님도 뱃전에서 일어나는 일을 눈치챘고, 날개 달린 방랑아들을 알아보았다. 얼마 지나지 않아서 그는 학생 중 한 명에게 라틴어로 말을 건넸고, 거기에 응해서 세 명이 모두 달려가 모자를 벗고는 역시 라틴어로 대답하였다.

 그러나 나는 뱃머리 쪽에 걸터앉아 발을 물 위에 드리우고 재미나게 물장난을 쳤다. 배가 앞으로 나아가는 동안 파도가 철썩거리며 물보라를 튀겼다. 멀리 푸른 하늘을 바라보노라니 강변의 숲으로부터 탑과 성이 차례로 나타나 점점 커지다가 마침내는 우리 뒤편으로 사라지곤 했다. 오늘만이라도 내게 날개가 있다면! 하고 나는 생각했다. 결국 나는 참지 못하고 바이올린을 꺼내 내가 아는 옛 노래를 모조리 연주했다. 집에서, 그리고 아름다운 아가씨의 성에서 배운 곡들이었다.

그때 뒤에서 갑자기 내 어깨를 치는 사람이 있었다. 그 목사님이었다. 기도서를 치우고 잠시 내 연주를 들은 모양이었다.

"여보게, 명연주가 양반, 먹고 마시는 걸 완전히 잊었구려."

그는 내게, 바이올린 연주를 잠시 멈추고 식사나 함께 하자고 권했다. 그리고 나를 조그마하면서도 아늑한 정자로 안내하였다. 그곳은 선원들이 어린 백양나무와 전나무로 배의 한가운데에 꾸며놓은 곳이었다. 그곳에 식탁이 차려졌다. 그리고 우리, 즉 나, 대학생들, 그리고 어린 소녀까지 통과 짐 꾸러미를 의자 삼아 빙 둘러앉았다.

목사님이 종이에 조심스레 쌌던 큼직한 구운 고기와 버터를 풀어놓았다. 그리고 행낭에서 포도주 몇 병과 안쪽이 도금된 은 술잔을 꺼냈다. 잔에 술을 부어 우선 맛을 본 다음 냄새를 맡았다. 재차 시음을 한 연후에야 우리들 각각에게 잔을 권했다.

학생들은 술통 위에 꼿꼿하게 앉아서는 겸손을 떠느라 아주 조금씩 먹고 마셨다. 소녀도 잔에 입술을 살짝 적시곤 수줍은 듯 한 번은 나를, 한 번은 학생들을 바라보았다. 그러나 우리를 바라보는 빈도가 잦아질수록 그녀도 점점 대담해져

갔다.

 그녀는 마침내 목사님에게, 자신은 처음으로 집을 떠나 성을 향해 가는 중이며, 그곳 사람들의 시중을 들도록 고용되었노라고 실토하였다. 나는 점점 얼굴이 달아올랐다. 그녀가 말하는 성이 바로 아름다운 아가씨의 성이었던 것이다.

 그렇다면 이 처녀가 장차 나의 하녀가 될지도 모르지! 나는 혼자 생각하면서 그녀를 유심히 바라보았다. 그러자니 달콤한 생각에 현기증이 날 것 같았다.

"그 성에서 곧 성대한 결혼식이 있을 거라네" 하고 신부님이 말했다.

"맞아요." 그곳의 사연을 제법 알고 있다는 듯 소녀가 맞장구를 쳤다. "사람들 얘기론 백작의 따님에게 오래 전부터 숨겨놓은 애인이 있었다나 봐요. 하지만 그녀가 한 번도 그 사실을 털어놓지 않았던 거래요."

 목사님은 그저 음, 음 하고 고개를 끄덕이면서 술잔에 가득 술을 부어선 곰곰이 생각하는 태도로 술을 마셨다. 그러나 나는 좀더 자세한 이야기를 들으려고 식탁 위로 목을 길게 뻗었다. 목사님이 그것을 알아차렸다.

"내가 좀더 자세한 이야기를 들려주지." 그는 다시 말을 이었다. "백작 댁의 두 여인이 날 보내 신랑감이 이 근방에 나타났는지 알아보라고 하더군. 로마로부터 한 숙녀가 보낸 편지엔, 그가 벌써 로마를 떠났다는 거야."

목사님이 로마의 숙녀 이야기를 했을 때, 내 얼굴은 다시금 달아올랐다.

"그렇다면 목사님께서는 그 신랑감을 잘 아십니까?" 나는 자못 궁금하여 물었다.

"아닐세" 하고 목사님이 대답했다. "하지만 그가 아주 유쾌한 방랑아라고 하더군."

"아, 그렇군요" 하고 나는 재빨리 말을 받았다. "될 수 있으면 새장을 벗어나려는 새, 자유 천지에 다시 놓여지면 즐겁게 노래를 부르는 새 ─ 그런 방랑아 말이지요?"

"게다가 낯선 곳을 이리저리 떠돌아다니지." 목사님이 천연덕스럽게 말을 이었다. "밤에는 이거리 저거리를 싸돌아다니다가 낮에는 남의 집 문전에서 잠을 자고."

나는 기분이 무척 언짢아졌다.

"목사님께서 뭔가 잘못 알고 계시는군요." 나는 불끈하여 외쳤다. "그 신랑감은 예의바르고 훤칠한 키에 전도 유망한 젊은이랍니다. 이탈리아에선 고성에 머물면서 고상한 생활을 했다고요. 백작 부인, 유명한 화가들하고만 교제하고, 하녀의 시중도 받았다니까요. 돈이 생기면 그걸 유용하게 쓸 줄도 알고요. 그리고……"

"자, 자, 나는 자네가 그를 그렇게도 잘 알고 있는지 몰랐네."

목사님이 내 말을 중단시켰다. 그리곤 얼굴이 푸르러지다 못해 눈에 눈물이 고일 정도로 박장대소하였다.

"제가 듣기로는요" 하고 소녀가 다시 끼어들었다. "신랑 될 사람은 지체가 높고 아주 부유한 신사래요."
"아이고 저런, 저런! 이거 영 헷갈리는걸!"
목사님이 외쳤다. 그리곤 여전히 웃음을 그치지 않더니 끝내 요란스레 기침을 해대었다. 그리고는 다소 안정을 되찾자, 그는 잔을 높이 들고 소리쳤다.
"신랑과 신부를 위하여!"
나는 목사님의 말을 어떻게 생각해야 좋을지 몰랐다. 그만 로마 이야기 때문에 여러 사람 앞에서 마치 내가 그 행방불명의 행복한 신랑감이라도 되는 양 떠벌려댄 게 부끄럽기까지 하였다.
술이 다시 여러 순배 돌았다. 목사님이 다정하게 이야기를 건넸기 때문에 모두 곧 유쾌해져서 마침내 희희낙락한 분위기가 되었다. 학생들도 점점 말이 많아졌다. 산천 유람의 이야기를 펼치다가 결국엔 악기들을 꺼내 들고 흥겨운 연주를 시작하였다.
서늘한 강바람이 정자의 나뭇가지를 살랑살랑 흔들었다. 재빨리 우리 곁을 스쳐 지나가는 숲과 골짜기는 어느새 황금빛 저녁 햇살에 물들어 있었다. 호른의 선율이 강안에 부딪혀 메아리로 울렸다.
음악이 있으니 목사님은 점점 더 흥에 겨워 이번엔 젊은 날의 재미난 이야기를 풀어놓았다.

방학 중에 산과 골짜기를 지나 여행하던 일, 종종 배고프고 목이 말랐으나 기분은 항상 즐거웠다는 것, 답답하고 음울한 학교와 엄숙한 성직자 생활 사이에서 긴 방학이야말로 학창 생활의 전부라고 해도 좋을 것이라는 등.

학생들은 다시 한 번 잔을 돌린 후 목소리를 함께하여 흥겨운 노래를 불렀다. 그 소리가 산속 멀리멀리까지 울려 퍼지도록.

> 새들은 모두
> 남쪽을 향하고,
> 나그네들 흥겹게
> 모자를 흔드네.
> 이른 아침 성문을 나서는
> 우리는 학생들,
> 저마다 악기를 들고
> 이별의 곡을 연주한다.
> 안녕, 프라하여 영원히
> 우리는 멀리 떠난다.
> **Et habeat bonam pacem,**
> **qui sedet post fornacem!**
> (난롯가에 앉아 있는 자
> 안락한 평화나 즐겨라!)

밤에 도시를 지날 때
휘황한 무도회의 창,
아름다운 선남선녀
미끄러지고 돌아간다.
문 앞에서 신명나게 연주하면
갈증으로 목 안이 칼칼,
그럴 때면 주인장
시원한 술 한 잔 주시오!
보라, 어느 틈엔가
넘치는 술병 들고
venit ex sua domo —
beatus ille homo!
(술청에서 나오네 —
 축복받은 사람이!)

이제 차가운 삭풍
숲에서 불면,
눈과 비 흠뻑 맞으며
들판을 헤맨다.
외투는 바람에 날리고,
구두는 찢어졌네.

그래도 열심히 연주하면서
신나는 노래 함께 부른다.
Beatus ille homo,
qui sedet in sua domo,
et sedet post fornacem
et habet bonam pacem!
(집 안에 앉아 있는 자
축복을 받겠지.
난롯가에 앉아 있는 자
안락한 평화나 즐겨라!)

나도, 선원들도, 소녀도 비록 라틴어는 알지 못해도 마지막 소절은 환호하면서 함께 따라 불렀다. 그 중에서도 제일 신나게 노래한 것은 바로 나였다. 저 멀리 내가 거처하던 세관 사무소가 보이고, 곧이어 성 전체가 저녁 햇살을 받으며 나뭇가지 위로 그 모습을 드러냈기 때문이었다.

제 10 장

 배가 강가에 닿았다. 우리는 재빨리 뭍으로 뛰어내렸다. 그리고, 마치 갑자기 새장에서 풀려난 새들처럼 숲속 이곳저곳으로 흩어져 갔다. 목사님은 작별 인사를 마치자마자 성큼성큼 성 쪽을 향해 걸어갔다. 학생들은 성의 반대편에 있는 외진 숲을 향해 열심히 달려갔다. 거기서 외투를 털고 흐르는 개울물에 몸을 씻은 후 차례로 면도를 할 요량이었다. 하녀로 채용된 소녀는 그녀의 카나리아 새장과 보따리를 겨드랑이에 끼고 성채 밑에 있는 객줏집으로 갔다. 내가 소개해 준, 사람 좋은 객줏집 아주머니 집에서 새 옷으로 갈아입고 성에 올라가려 했기 때문이었다. 그러나 나는 잠시 저녁녘의 아름다움에 잔뜩 취해 있었다. 그들이 모두 떠나갔을 때, 더 생각할 필요도 없이 즉시 저택의 정원을 향해 달려갔다.
 국도 옆에 위치한 세관은 아직도 그 자리에 있었다. 정원 밖까지 뻗어 나온 커다란 나무들이 여전히 쏴아쏴아 나뭇잎 소리를 내었다. 해가 질 때마다 창 앞 밤나무 위에 앉아 세레나데를 불렀던 금빛 멧새도 그동안 세상에 아무 일도 일어나지 않았다는 듯 노래를 계속하였다.

세관의 문은 열려 있었다. 나는 기쁨에 넘쳐 달려 들어가 방안에 머리를 들이밀었다. 안에는 아무도 없었다. 벽시계만 조용히 재깍거리고, 창가에 놓인 테이블이며 구석에 있는 긴 파이프 담뱃대 역시 그전과 마찬가지였다. 나는 마음을 억제하지 못하고 창문을 통해 방안으로 들어갔다. 그리고 커다란 회계 장부가 놓여 있는 테이블에 앉아보았다. 햇빛이 창문 앞 밤나무 사이로 비쳐 들어와 펼쳐져 있는 장부의 숫자들 위에서 녹황색 빛을 내었다. 열린 창문을 통해 벌들이 윙윙대며 들락거리고, 금빛 멧새는 마당의 나무 위에 앉아 줄곧 노래를 불러대었다.

그때 갑자기 방문이 열렸다. 나의 그 점박이 잠옷을 입은, 키가 크고 늙은 세관원이 들이닥쳤다! 그는 엉뚱한 침입자를 발견하고 문간에 붙박인 듯 섰다. 그는 재빨리 콧등에서 안경을 내리고는 성난 눈으로 나를 노려보았다. 그러나 나는 별로 놀라지 않았다. 일언반구도 없이 껑충 뛰어 문밖으로 뛰쳐나왔다.

그 조그만 꽃밭으로 들어서니 귀찮은 감자 덩굴이 어느새 내 두 발을 휘감아버렸다. 보아하니, 저 늙은 세관원이 문지기의 조언에 따라 내 꽃들 대신 심어놓은 게 분명하였다. 문간까지 따라나온 세관원이 내 등을 향해 욕설을 퍼붓는 소리가 들렸다. 그러나 이미 나는 정원의 높은 담장 위에 올라앉아 두근거리는 가슴으로 성채의 정원을 내려다보고 있었다.

그곳엔 어스름 속에 짙은 수목의 향기와 새들의 지저귐이 있었다. 공터와 길들은 텅 비어 있었다. 그러나 금빛으로 물든 나뭇가지들이 저녁 바람에 한들대며 나를 환영하기라도 하는 듯 고개를 숙였다. 옆쪽의 깊은 심연으로부터는 다뉴브의 강물이 이따금 나무들 사이에서 반짝거렸다.

그때, 조금 떨어진 정원의 어디에선가 노랫소리가 들려왔다.

> 인간의 욕망이여, 잠들어라.
> 대지는 꿈속인 양 나무들과
> 은밀한 이야기를 소곤거린다.
> 오랜 옛날의 은은한 슬픔
> 번갯불이 번쩍이듯 조용히
> 내 가슴속 깊이 스며든다.

그 음성, 그 노랫소리가 내겐 참으로 기이하였다. 마치 언젠가 꿈속에서 한 번쯤 들어본 것만 같았다. 나는 오래오래 생각하였다.

"그렇다, 귀도 씨다!"

마침내 나는 기쁜 나머지 소리를 질렀다. 그리고 재빨리 정원 안으로 뛰어내렸다. 그것은 바로 귀도 씨가 그 여름날 저녁에 불렀던 노래였다. 내가 그를 마지막으로 보았던 그 이탈리아 주막집의 발코니에서 말이다.

노래는 그침 없이 계속되었다. 나는 꽃밭과 울타리를 넘어 노래가 들려오는 쪽으로 다가갔다. 마지막 장미 덩굴 사이로 몸을 드러내는 순간 나는 돌연 마술에라도 걸린 양 그 자리에 붙박여 서고 말았다. 백조들이 노니는 연못가 그 푸른 잔디 위에, 바야흐로 저녁노을을 곱게 받으며 그 아름다운 아가씨가 앉아 있는 게 아닌가! 아름다운 옷을 입고, 검은 머리엔 희고 붉은 장미꽃 화환을 쓴 채. 돌로 된 벤치 위에 눈을 내리깔고 앉아 그녀는 노랫소리에 맞춰 승마용 채찍으로 잔디를 두드리고 있었다. 내가 조각배 위에서 그녀를 위해 노래 불렀던 그때처럼.

그녀의 맞은편에는 다른 젊은 숙녀가 앉아 있었다. 희고 둥근 목덜미 위에 탐스런 금발을 일렁이면서 나를 등지고 기타에 맞춰 노래를 불렀다. 고요한 수면 위에선 백조들이 원을 그리며 유영하고 있었다.

그때 아가씨가 갑자기 눈을 떴다. 그리고 나를 보고는 놀라 소리를 질렀다. 다른 여인이 재빨리 뒤를 돌아다보았다. 고수머리가 그녀의 얼굴에서 나풀거렸다. 그녀는 나를 알아보고 거침없이 웃음을 터뜨렸다. 그리곤 벤치에서 뛰어내려 세 차례 손뼉을 쳤다. 그 순간 한 무리의 어린 소녀들이 녹색과 붉은 줄무늬가 쳐진 흰색의 짧은 치마를 입고 장미 덩굴 뒤에서 쏟아져 나왔다. 그들이 모두 어디에 숨어 있었는지 신기한 생각이 들 정도였다. 그들은 긴 꽃 장식을 손에 들고 재빨리 원을 그리며 나를 에워쌌다. 그리곤 춤추고 노래하면서 내 주위를 빙빙 돌았다.

> 보랏빛 리본이 달린
> 아가씨의 화환을 드리옵니다.
> 즐겁게 춤을 추나니
> 혼인의 기쁨도 새로워라.
> 아가씨의 푸른 화관에
> 예쁜 보라색 리본.

오페라 『자유의 사수』 중의 한 소절이었다. 어린 가수들 중 몇몇은 낯이 익었다. 이 마을의 소녀들이었다. 나는 그들의 뺨을 꼬집어주면서 그들이 만든 원에서 빠져 나가려고 했다. 그러나 맹랑한 소녀들은 나를 놓아주지 않았다. 이 일이 도대체 무엇을 뜻하는지 나는 전혀 알 수가 없었다. 결국은 어안이벙벙하여 서 있을 수밖에.

그때 갑자기 멋진 사냥복을 입은 청년 하나가 숲속에서 걸어나왔다. 순간 나는 내 눈을 의심하였다. 그것은 유쾌한 레온하르트 씨였다! 작은 소녀들은 원을 풀더니 갑자기 마술에라도 걸린 듯 한쪽 발에 의지한 채 부동 자세를 취했다. 다른 다리는 허공에 뻗었고 두 손으로 화환을 내 머리 위까지 들어올렸다. 아름다운 아가씨는 여전히 꼼짝 않고 서서 이따금 내 쪽을 바라보았다. 레온하르트 씨는 그녀의 손목을 잡고 나에게 다가와 말했다.

"사랑이란 — 이 점에 대해선 모든 학자들의 견해가 일치하거니와 — 인간의 마음 중에서 가장 대담한 성질의 것입니다. 그것은 불 같은 시선으로 지위와 계급의 보루를 무너뜨립니다. 사랑을 위해 이 세계는 너무나 비좁고 영원도 너무나 짧습니다. 그렇습니다. 사랑은, 모든 공상가들이 이상향 아르카디아로 가기 위해 이 차가운 세상에서 입게 되는 시인의 외투인 것입니다. 그리고 사랑하는 두 연인이 서로 멀리 떨어져 있으면 있을수록 바람에 나부끼는 외투를 더욱 멋지게 부풀지요. 그 주름진 옷자락이 더욱 대담하고 더욱 경이롭게 펼쳐져 연인들의 뒤편에 길게길게 뻗어 나감으로써 다른 사람들 역시 부지중에라도 그 옷자락을 밟지 않고는 그 지역을 지나갈 수 없습니다.

오, 친애하는 세관리이며 새신랑이여!

당신이 이 외투를 입고 멀리 티버 강[7] 기슭까지 간다 하여도 신부의 조그맣고 아름다운 손이 옷자락 끝을 단단히 붙잡

---

7) 로마를 끼고 흐르는 중부 이탈리아의 강.

을 것이요. 당신이 제아무리 설치며 바이올린을 켜고 소동을 부려보았자 결국은 신부의 조용하고 아름다운 눈동자에 이끌려 돌아올 수밖에 없을 것입니다.

자, 일이 이렇게 되었으니 그대들 사랑스럽고 사랑스러운 한 쌍이여!

축복의 외투를 주위에 펼쳐 온 세상 사람들을 모두 포근히 감싸도록 하시오. ─ 한 쌍의 토끼처럼 서로 사랑하면서 내내 행복하시길!"

레온하르트 씨의 장황한 설교가 채 끝나기도 전에 방금 전 노래를 불렀던 숙녀가 다가와 내 머리 위에 재빨리 매화꽃 화환을 씌워주었다. 그녀는 화환을 내 머리에 단단히 고정시키느라 얼굴을 바짝 들이대고는 짓궂은 표정으로 노래를 불렀다.

그대에게 내 마음 이끌려
머리를 꽃으로 장식합니다.
그대의 바이올린 소리
자주 내 마음을 매혹했기에.

그녀는 다시 몇 걸음 뒤로 물러섰다.
"어느 날 밤 당신을 나무에서 끌어내렸던 산적들을 기억하세요?"

그녀는 말하면서 머리를 끄덕여 인사를 하고는 나를 다정하게 바라보았다. 나는 감회에 젖어 한바탕 웃을 수밖에 없었다. 그녀는 내 대답은 아랑곳하지 않고 내 주위를 빙빙 돌았다.

"정말로 옛날 그대로 영락없는 방랑자의 행색이로군요. 이 불룩한 배낭 좀 보라지!" 그녀는 아름다운 아가씨에게 소리쳤다. "바이올린, 옷가지, 면도기, 여행 가방 등이 뒤죽박죽이군요!"

그녀는 내 주위를 뱅글뱅글 돌면서 배꼽이 빠지도록 웃어대었다. 그러나 아름다운 아가씨는 여전히 조용하였고, 부끄러움과 당혹감에 눈을 뜨지 못했다. 장황한 수다와 짓궂은 농지거리에 다소 화가 난 것 같기도 했다. 마침내 그녀의 눈에선 눈물이 흘렀고, 그것을 감추느라 얼굴을 젊은 숙녀의 가슴에 묻었다. 숙녀는 그제야 깜짝 놀라서 그녀를 포근하게 포옹해주었다.

나는 완전히 어리둥절한 채 서 있었다. 자세히 뜯어보면 볼수록 그 낯선 숙녀는 다름아닌, 젊은 화가 귀도 씨였다!

나는 무슨 말을 해야 할지 몰랐다. 단지 좀더 자세한 내용을 묻고 싶었다. 레온하르트 씨는 그녀에게 다가가 은밀하게 물었다.

"그렇다면 저 친구는 아직 모르고 있단 말인가요?"

그녀는 고개를 끄덕였다. 그는 잠시 생각에 잠기더니 말을 이었다.

"아니지 아니야, 빨리 모든 걸 이야기하는 게 좋겠어요. 그렇지 않으면 새로운 소문만 생기고 혼란이 일어날 수도 있으니까."

"세관리군" 하고 그는 내 쪽을 향해 말했다. "우리에겐 시간이 그리 많지 않네. 그러나 나와의 우정을 생각해서라도 되도록 빨리 이 자리에서 놀랄 건 다 놀라버리도록 하게나. 그래야 나중에 다른 사람들에게 묻고는 고개를 절레절레 흔들며 지난 얘기를 들쑤시거나 새로운 망상과 추측을 반복하지 않을 테니까 말일세."

이렇게 말하면서 그는 나를 이끌고 숲속으로 들어갔다. 그동안 그 숙녀는 아가씨가 놓아둔 승마용 채찍으로 허공을 치고 있었다. 그 바람에 그녀의 고수머리가 얼굴 위에서 흩날렸는데, 내가 유심히 엿본 바로는 그녀의 얼굴이 이마까지 바알갛게 달아올라 있었다.

"그러면 이야기를 하겠네." 레온하르트 씨가 입을 열었다. "저기 앉아서 아무것도 듣지 못하고 알지도 못하는 척하고 있는 숙녀, 즉 플로라 양은 아주 급속히 어떤 사람과 마음을 나누는 사이가 되었었다네. 그런데 다른 남자 하나가 나타나 그녀에게 사랑을 고백하고 나팔 불고 북을 쳐대면서 그의 마음을 바치고, 대신 그녀의 마음을 얻으려고 했지. 그러나 플로라 양의 마음은 이미 그 누군가에게 가 있었고, 그 누군가의 마음도 그녀의 곁을 떠나지 않았다네. 그 누군가는 자신의 마음을 되돌려 받고 싶지도, 그녀의 마음을 되돌려 주고 싶지도 않았던 거야. 세상 사람들이 모두 시끌시끌거렸다네. ─그런데 자넨 아직도 이에 대해 아무런 이야기도 듣지 못했단 말인가?"

나는 그렇다고 말했다.

"하지만 자네도 결국 그 사건에 연루되었다네. 요컨대 그 누군가는 ─ 바로 나일세마는 ─ 마침내 대책을 강구할 수밖에 없었지. 어느 따뜻한 여름밤에 나는 말에 몸을 실었다네. 화가 귀도 씨로 변장한 플로라 양은 다른 말에 태우고. 그녀를 이탈리아에 있는 나의 외딴 성에 숨겨두려고 남쪽을 향해 떠났네. 이 사랑에 대한 소문이 식을 때까지 말일세. 하지만 우리는 뒤를 밟히고 말았네. 그 이탈리아 여관의 발코니에서 말일세. 보초를 서던 자네가 잠들었을 때, 플로라 양이 문득 우리의 추적자를 발견했던 거야."

"그렇다면 그 곱사등이가?"

"바로 스파이였지. 그래서 우리 둘은 몰래 숲속으로 숨어들고, 대신 예약했던 우편 마차에 자네만을 태워 보냈던 것일세. 덕분에 우리를 쫓던 자를 속였지만, 덩달아 성에 있는 나의 하인들까지 속인 꼴이 되었다네. 변장한 플로라 양을 때맞춰 기다리던 그들은 통찰력보다 하인으로서의 충성심이 더 강했던 나머지 자네를 플로라 양으로 생각했던 것일세. 이곳의 성에 사는 사람들조차 플로라 양이 이탈리아의 산성에 머무르는 것으로 믿고 소식을 묻거나 편지를 보내기도 했지. — 자네 혹시 짤막한 편지 한 장 받은 적 없었나?"

이 말을 듣고 나는 재빨리 주머니에서 쪽지 한 장을 꺼냈다.
"그럼 이 편지가?"
"저에게 보낸 것이지요."

지금껏 우리의 대화에 주의를 기울이지 않는 듯하던 플로라 양이 나섰다. 그리고 얼른 내 손에서 쪽지를 빼앗아 대충 훑어본 후 품속에 간직하였다.

"자, 이제" 하고 레온하르트 씨가 말했다. "우리는 빨리 성으로 가야 합니다. 그곳에선 모두들 우리를 기다리고 있어요. 어떤가, 결과야 뻔하지만 잘 엮어진 한 편의 소설 같지 않은가? 발견과 회한과 화해로 이어지는 소설 말일세. 우리 모두 다시 모이게 되어 기쁘네. 게다가 모레는 결혼식일세!"

이 말이 떨어지기가 무섭게 갑자기 숲속에서 북, 나팔, 호른, 트롬본 소리가 어우러지는 일대 장관이 연출되었다. 여기저기서 축포가 터지고 만세 소리가 울려 퍼졌다. 어린 소녀들이 새로이 춤을 추고, 모든 수풀로부터 마치 땅에서 솟아나듯 하나둘 사람들의 머리가 나타났다.

나는 혼란의 소용돌이 속을 이리로 저리로 뛰어다녔다. 벌써 날이 어두워져서 잠시 시간이 흐른 후에야 낯익은 얼굴들을 다시 알아보게 되었다. 정원사 영감은 팀파니를 치고, 프라하 대학생들은 외투를 입은 채 연주에 열중하였다. 그 옆에서 문지기 영감이 미친 듯 바순을 불고 있었다. 뜻밖에 그를 발견하자 나는 즉시 달려가 격렬하게 얼싸안았다. 그는 무척 당황한 모양이었다.

"이거야 원, 온 세상을 여행하고 다녀도 바보는 별수없구먼!" 그는 학생들 쪽을 향해 외치면서 다시 열광적으로 바순을 연주했다.

그사이에 그 아름답고 우아한 아가씨가 소란스러움에서 벗어나 한 마리 날렵한 노루처럼 잔디밭을 지나 몰래 정원 깊숙이 달아났다. 나는 제때에 그녀를 발견하고 급히 뒤를 따라갔다. 연주자들은 음악에 열중한 나머지 아무것도 눈치채지 못했다. 나중에 그들은 이렇게 전했다.

"우리들은 성을 향해 출발했지. 모든 악대가 떠들썩하게 음악을 연주하면서 그곳을 향해 막 행군을 시작했었다네."

우리 둘은 거의 같은 시각에 정원의 비탈에 있는 여름 별장에 도착했다. 활짝 열린 창문들을 통해 멀리 깊은 골짜기가 보였다. 해는 오래 전에 산 뒤로 떨어졌고, 단지 발그레한 노을 자락만이 따뜻하고 고요한 저녁 하늘 위에 아롱지고 있었다. 주변이 고요해질수록 다뉴브 강의 찰랑거리는 소리가 은은히 들려왔다.

나는 아름다운 백작 따님의 자태를 뚫어지게 응시하였다. 그녀는 달려오느라 온통 상기된 채 바로 내 앞에 서 있었다. 그녀의 심장이 콩콩 뛰는 소리가 들리는 것 같았다. 갑자기 그녀와 단둘이 있게 되자 무슨 말로 흠모의 정을 나타내야 할지 몰랐다. 마침내 나는 마음을 다잡고 그녀의 작고 하얀 손을 잡았다. 그러자 그녀는 재빨리 몸을 날리며 내 목에 매달렸다. 나는 두 팔로 그녀를 꼭 안아주었다.

그러나 그녀는 얼른 몸을 빼내었다. 무척이나 당황한 얼굴로 창가에 기대어 저녁의 대기 속에서 달아오른 뺨을 식혔다.
"아 제 가슴은 정말 터질 것만 같습니다" 하고 나는 외쳤다. "그러나 모든 게 어떻게 된 일인지 영문을 모르겠습니다. 모든 게 저에겐 꿈만 같습니다!"
"저도 그래요" 하고 아름다운 아가씨가 말했다. 그리고 잠시 후에 다시 말을 이었다. "지난 여름 제가 백작 부인 마나님과 함께 로마에 갔을 때, 그리고 플로라 양을 찾아 함께 돌아왔을 때에도 당신 소식은 여기에서도 거기에서도 전혀 들을 수가 없었습니다. 그래서 모든 일이 이처럼 전개되리라곤 꿈에도 생각지 못했답니다! 오늘 정오쯤 사람 좋고 날쌘 청년 기수가 숨이 턱에 차서 뛰어 들어오는 거예요. 그의 보고에 의하면, 바로 당신이 우편선을 타고 오는 중이라지 뭡니까?"

그녀는 살포시 미소를 지었다. 그리고 말을 이었다.

"아직도 기억하고 계세요. 당신이 발코니에 있는 저를 마지막으로 보았던 날을? 그날도 오늘처럼 무척이나 조용한 저녁이었지요. 정원엔 음악이 흐르고요."

"그런데 대체 그분은 어떻게 되었지요?" 나는 조용하게 물었다.

"누구 말씀인가요?" 아가씨가 놀란 눈으로 나를 바라보았다.

"그때 발코니에 같이 서 계셨던 분이 신랑 되는 분인 줄 알고……"

그녀의 얼굴이 온통 빨갛게 달아올랐다.

"당신은 어쩜 그렇게 엉뚱한 생각을 하셨나요!" 그녀가 외쳤다. "그분은 바로 백작 부인의 아드님이시랍니다. 그때 막 여행에서 돌아오셨지요. 그날이 마침 제 생일날이라 발코니로 불러내어 절 축하해주셨던 거예요. ─ 하지만 그 때문에 당신은 그때 이곳을 떠나셨던 거군요?"

"오 맙소사, 바로 그랬답니다!" 나는 소리를 지르면서 손으로 내 이마를 쳤다. 그녀는 머리를 살래살래 흔들면서 참으로 환한 웃음을 터뜨렸다.

그녀가 내 곁에서 유쾌하고 다정하게 속삭이는 모습은 정말 사랑스러웠다. 밤이 다 지나도록 그녀의 이야기를 듣고 싶었다. 내 마음은 참으로 흐뭇하였다. 나는 이탈리아로부터 가져온 편도 한 움큼을 주머니에서 꺼내 그녀에게 건넸다. 우리는 함께 편도를 먹으면서 고요한 풍경을 내다보앉다.

"저길 좀 보세요." 잠시 후 그녀가 말했다. "저기 달빛에 빛나는 하얀 집 말예요. 백작님께서 우리에게 선사해주신 거랍니다. 정원과 포도밭도 곁들여서요. 거기서 우리는 함께 살 수 있어요. 그분은 오래 전부터 우리 사이가 좋다는 걸 아셨어요. 당신에게도 무척 호의를 갖고 계시고요. 그도 그럴 것이, 그분이 플로라 양을 빼돌릴 때 당신이 함께 있지 않았다면 어찌 되었겠어요? 두 분 다 붙들려서 사랑의 결실도 맺지 못한 채 모든 일이 엉뚱하게 되어버렸을 거예요."

"오 이걸 어쩌지요, 아름답고 다정한 백작 따님 아가씨!" 하고 나는 외쳤다. "너무도 뜻밖의 새로운 일들 때문에 온통 머리가 혼란스럽습니다. 그런데, 저 레온하르트 씨는?"

"아 그분 말인가요?" 그녀가 얼른 말을 받았다. "이탈리아에서 잠시 그 이름으로 행세하셨죠. 저기 건너편의 영지가 그분의 소유예요. 이제 우리 백작 부인의 따님, 아름다운 플로라 양과 결혼할 것입니다. ─그런데, 왜 저를 백작 따님이라고 부르는 거지요?"

나는 놀란 눈으로 그녀를 쳐다보았다.

"저는 백작의 딸이 아니에요. 저는 가련한 고아였어요. 이 성의 문지기인 저의 숙부님께서 어린 저를 이곳에 데려오셨고, 우리 자비로운 백작 부인께서 절 받아들여 친딸처럼 키워주셨던 거예요."

제 10 장

그때 나는 돌멩이로 머리를 한 대 맞은 기분이었다!

"오, 문지기 영감님께 신의 축복이 있기를!" 나는 외쳤다. "그분이 우리 두 사람의 숙부님이 될 줄이야. 저는 숙부님을 대단한 분으로 존경해왔었답니다."

"숙부님도 당신을 좋아하셔요." 그녀가 맞받았다. "늘 이렇게 말씀하셨죠. 저 친구가 조금만 더 점잖아졌으면 좋을 텐데…… 그러니 이제는 좀 우아한 복장을 하셔야 할 거예요."

"오" 하고 나는 기쁨에 넘쳐 외쳤다. "영국식 연미복을 입고, 무릎 아래를 묶는 반바지에 밀짚모자를 쓰리다. 결혼식이 끝나면 곧장 이탈리아로 신혼 여행을 떠납시다. 프라하 대학생들과 문지기 숙부님도 함께 말이오!"

그녀는 조용히 미소지으며 다정한 눈으로 나를 바라보았다. 멀리에선 여전히 음악 소리가 울려왔다. 불꽃이 성으로부터 솟아올라 정원 위의 고요한 밤하늘을 수놓았다. 그 아래로 다뉴브 강이 유유히 흐르고 있었다.

옮긴이 해설

동화처럼 아름다운 방랑과 사랑 이야기

요제프 폰 아이헨도르프Joseph von Eichendorff의 시와 산문 속에는 독일 낭만주의의 정취가 흠뻑 배어 있다. 그의 문학은 민중의 삶이 뿌리박고 있는 자연, 그 아름다운 신의 선물을 생동감 있게 그려내는 데 뛰어난 솜씨를 보여준다. 숲속에 솟아 있는 성과 정원, 산간을 흐르는 개울물, 강·호수·숲에서 울리는 뿔나팔 소리, 달빛, 밤의 정적 ─ 이러한 풍광을 배경으로 항상 동화처럼 아름다운 세계가 펼쳐진다.

아이헨도르프는 1788년 3월 10일 오데르 강변을 굽어보는 숲속의 하얀 성 루보비츠Lubowitz에서 귀족 가문의 둘째아들로 태어났다. 자연을 벗하며 유년기를 보낸 후, 17세가 되던 1805년부터 형 빌헬름과 함께 할레 대학에서 법학 공부를 시작했다. 이 년 뒤 하이델베르크로 가서 괴레스Görres, 아르님Arnim, 브렌타노Brentano 등 낭만주의를 주도하던 작가들과 사귀었다. 이때 문학적 소질이 있던 아이헨도르프는 몇 편의 시를 써서 플로렌스Florens라는 가명으로 발표하기도 했다. 공부를 마친 후 본격적인 창작 활동을 시작하면서 그의 첫 소설 『예감과 현재*Ahnung und Gegenwart*』(1815)를 집필했다.

나폴레옹에 대항하는 자유 전쟁이 일어났을 때에는 의용군에 지원하여 참전하였고, 종전 후 고향에 돌아와 브레슬라우 주 정부의 사법관 시보를 출발로 공직 생활을 시작했다. 그는 공무 수행을 위해 단치히, 쾨니히스베르크 등지를 전전하다가 나중에 베를린에서 지방 의회 의원과 종교국의 평의원으로 일했다. 바쁜 생활 속에서도 틈틈이 많은 시와 산문을 발표했는데, 서정성이 넘치는 그의 시들은 후고 볼프, 로베르트 슈만, 멘델스존, 브람스 등 뛰어난 음악가들에 의해 노랫말로 사용되었다.

독일 낭만주의 그룹의 중요한 일원으로서 아이헨도르프는 소설 분야에서도 탁월한 솜씨를 보였다. 『예감과 현재』를 비롯해 『대리석상 *Das Marmorbild*』(1819), 『방랑아 이야기 *Aus dem Leben eines Taugenichts*』(1826), 『시인과 친구들 *Dichter und ihre Gesellen*』(1834), 『뒤랑드 성*Das Schloß Dürande*』(1837) 등은 모두 독자의 심금을 울린 소설들이었다.

공직을 떠난 후 주로 빈에서 작품 활동을 하다가 67세에 부인을 잃었고, 이 년 후인 1857년 딸 테레제 내외의 집에서 영면하였다. 그의 유해는 만년에 정착했던 나이세의 교회 묘지, 바로 아내의 곁에 묻혔다.

아이헨도르프의 죽음과 함께 독일의 낭만주의 문학도 서서히 종언을 고한 감이 있다. 인간의 현실 문제를 천착하고 묘사하려는 새로운 유형, 즉 사실주의적 문학이 이미 태동하고 있었기 때문이었다. 아이헨도르프에게 현실의 문제는 그렇게 절실한 것이 아니었다. 그래서 어떤 이는, 그가 존재하지 않는 현실을 그려내었다, 그의 작중인물들은 시(詩)로 만들어졌지 살과 피로 된 것이 아니다, 라고 평하는지도 모른다. 그러나 그의 글을 대하는 사람은 순식간에 순수하고 아름답고 성스럽기까지 한 낭만의 세계로 빠져들게 된다.

소설 『방랑아 이야기』가 바로 대표적인 경우이다. 시적 분위기가 넘치는 이 소설엔 명랑함과 경건함이 함께 깃들어 있다. 거기에 독일과 오스트리아의 자연을 찬미하고, 하느님의 나라를 동경하는 마음이 짙게 배어 있어 낭만주의의 '푸른 꽃'을 갈구하는 독자들에게 즐거움과 감동을 선사하기에 충분하다.

29세 되던 1817년에 쓰기 시작한 『방랑아 이야기』가 완성된 것은 십 년쯤 지난 1826년, 독일 낭만주의 운동이 절정을 이루던 때였다. 왕정 복고와 비더마이어Biedermeier 문학기*의 중간 지점이었으며, 30년대를 풍미하던 혁명적 분위기의 시대이기도 했다.

그 기간에 아이헨도르프는 부모님을 차례로 여의고, 부채의 상환 때문에 사유 토지의 대부분을 매각해야 하는 불행을 겪어야 했다. 그러나 현실적인 어려움에도 불구하고 이 방랑아 소설에는 명랑하고 낙천적인 분위기, 산뜻하고 다정한 해학과 유머가 넘쳐난다. 베노 폰 비제Benno von Wiese의 말과 같이, "은연중 마음이 이끌려 방랑아의 눈으로 세상을 보고, 세상을 즐겁게 바꾸고, 시가 현실을 이기는 모습을 보게 된다."

결국 방랑아는 '시적 존재'요, 그의 방랑은 '신에게로의 순례'인 셈이다. 그것은 또한 목적 없는 방황이 아니라 낙원으로의 여행이며 사람을 일의 노예로 만드는 현실, 즉 비좁

---

* 1810년경부터 약 40년 간 지속된 문학의 한 경향. 격동하는 정치 현실과 사회적 투쟁을 외면하고, 향토와 종교, 가정의 질서 등 소시민적 정취를 중시하였다.

은 마을과 아버지의 물방앗간을 떠나 무한히 열려 있는 세계 속에서 자신의 행복을 찾아보려는 모험극이다.

소설의 서두에서부터 자유 천지로의 진입은 시작된다. "봄이 코앞에 다가와" 무위도식자 Taugenichts 의 출발을 재촉한다. 그는, 넓은 세상에 나가 빵을 벌어보라는 아버지의 말에 흔쾌히 동의한다. "저 같은 건달에게는 그 편이 낫겠네요. 넓은 세상에 나가 행운을 잡아보도록 하겠어요."

'넓은 세상에 나가 행복을 찾는 것' — 이것은 옛 동화에 흔한 모티프이며 낭만주의 문학의 중요한 특징이기도 하다. 행운 동화 Glücksmärchen 의 성격이 두드러지는 『방랑아 이야기』에도 이러한 동화적 요소들이 도처에 나타난다. 두 여인과의 만남과 성(城)에서의 생활, '아름다운 아가씨'에 대한 연모, 사랑의 오해와 이별, 변장한 한 쌍의 연인과의 동행, 이탈리아 성에서의 체류와 영문 모를 환대, 귀향할 때 만난 목사님, 행복한 결말 등.

선녀도, 마술사도, 요괴도 등장하지 않지만, 동화 같은 줄거리가 예정된 해피 엔딩을 향해 전개된다. 일인칭 화자인 '나,' 즉 무위도식자는 음악가이자 시인에 가까운 존재다. 어느 곳에서나 흥취가 솟아나면 바이올린을 연주하며 즉흥적으로 노래를 부른다. 세계, 자연, 인간에 대한 친밀감, 그리고 신을 경배하는 노래가 대부분이다. 이것이 방랑의 의의이기도 하기 때문이다.

> 하느님의 은총을 받으려는 자
> 넓은 세상으로 나서라.
> 산과 숲, 강과 들에
> 그분의 기적 넘쳐난다네.

방랑아가 겪는 중요한 사건은 주로 성(城)에서 일어난다. '성'은 독일 민담에 자주 나타나는 문학적 토포스Topos이다. 사랑 이야기의 시작도, 결말도 성에서 이루어진다. 이탈리아에서 잠시 머물렀던 곳도 성이다. 이 장소에 주인공의 모든 감정이 혼재해 있다. "항상 일요일 같은" 즐거움, 움트는 사랑에의 환희, 그러면서도 가난한 방랑아에 따라다니는 몽상과 우수.

방랑아에게 '아름다운 아가씨'는 요정과 같은 존재다. 소설의 서두에서 그녀는 하늘의 별처럼 먼 곳에 있다. 방랑아는 그녀가 누구인지조차 모른다. 그는 그녀를 경이로움과 아름다움의 현화(現化)로서 사랑한다. 신의 선물인 숲, 정원, 꽃을 사랑하듯이. 사랑의 공간인 성의 정원을 배경으로 그녀의 모습은 "눈처럼 하얀 옷을 입고 창밖을 내다보는 여인," "맑은 하늘에 달님처럼 서 있는 여인"으로 묘사된다. 수면을 굽어보며 백합꽃으로 물장난을 치는 모습이 "마치 깊고 푸른 하늘 속을 조용히 거니는 천사"와 같다. 방랑 가인(放浪歌人)인 주인공이 어찌 그녀의 아름다움을 노래하지 않으랴!

> 어디를 가나 어디를 보나
> 들과 숲과 골짜기에서
> 산을 넘어 푸른 하늘 저 멀리까지
> 아름다운 임 그리워하며
> 천번 만번 인사를 보냅니다.

아이헨도르프의 소설 『방랑아 이야기』에서는 시적인 것과 현실적인 것이 하나가 된다. 자신이 '무위도식자'와 같은 삶의 행운아가 아니었지만, 아이헨도르프는 힘든 공직 생활의 의무에 얽매이면서도 밝은 미소 같은 작품을 선사해주었다. 프로이센적 의무관에 시달리면서도 오스트리아적 감수성, 즉 '순박한 정신의 힘'을 잃지 않고 말이다.

고향 슐레지엔과 빈, 그리고 이탈리아의 산과 숲과 골짜기를 무대로 벌어지는 방랑과 사랑의 이야기 — 독일 낭만주의의 모범이라고 할 아이헨도르프의 『방랑아 이야기』는 당시는 물론 오늘날까지도 아주 널리 읽히는 소설이다. 낭만주의의 찬란한 흔적이 사라진 뒤에도 우리와 함께 살고, 옛날처럼 감미롭고 청순한 울림을 전해주는, 동화처럼 다정하고 아름다운 이야기이기 때문이다.

2001년 봄
숙명여대 연구실에서
정서웅

작가 연보

1788 3월 10일 북부 슐레지엔의 라티보 근교 루보비츠 성에서 아버지 아돌프 폰 아이헨도르프 남작과 어머니 카롤리네 폰 클로호 사이의 차남으로 태어나다.

1801~1804 형 빌헬름과 함께 브레슬라우에 있는 마티아스 김나지움에 다니다. 이 시기에 계몽주의 작가인 클롭슈토크, 클라우디우스, 겔레르트, 그리고 실러의 문학을 접하다.

1804 여동생 루이제 태어나다.

1805 형과 함께 할레 대학에 입학하여 법학 공부를 시작하다. 괴테의 연극을 보고, 낭만파의 노발리스, 티크의 작품을 애독하다.

1807 하이델베르크 대학에서 공부를 계속하다. 괴레스의 강의를 듣고, 아르님, 브렌타노의 작품을 애독하다.

1808 형과 함께 스트라스부르, 파리, 빈 등지를 여행하고 고향에 돌아오다. 몇 편의 시를 『학예 잡지 Zeitschrift *für Wissenschaft und Kunst*』에 플로렌스라는 가명으로 발표하다.

1809 최초의 노벨레 『가을의 마술 *Die Zauberei im Herbste*』을 쓰다. 루보비츠 근교에 사는 귀족 출신 라르쉬(17세)와 약혼하다. 형과 함께 베를린으로 가서 아르님, 브렌타노, 클라이스트, 피히테와 친교를 맺다.

1810~1812 고향에 돌아와 첫 장편소설 『예감과 현재 *Ahnung und Gegenwart*』를 쓰기 시작하다. 빈으로 가서 법학 공부를 마치고, 아담 뮐러, 프리드리히 슐레겔 부부와 사귀다. 1812년에 『예감과 현재』를 완성하다.

1813 의용군의 지원병으로 나폴레옹에 대항하는 자유 전쟁에 참가하다. 슐레지엔 국경 수비대의 장교가 되었다가 1814년 평화 조약 체결 후 귀향하다.

1815 라르쉬와 결혼하여 이 해 장남 헤르만 태어나다. 전쟁의 재발로 다시 군대에 들어가 아헨의 라인 국경 수비대에서 복무하다. 그후 파리에 입성. 낭만주의 작가 푸케 Fouque 에 의해 『예감과 현재』가 출간되다.

1816 고향에 돌아와 브레슬라우 주 정부의 사법관 시보가 되다.

1817 차남 루돌프 태어나다. 『방랑아 이야기』를 시작하다. 소설 『대리석상 *Das Marmorbild*』을 완성하여 원고를

푸케에게 보내다.
1818 아버지 사망. 대부분의 사유지가 부채 상환을 위해 매각되다.
1819 장녀 테레제 태어나다.『대리석상』이, 푸케가 편찬한 『1819년의 부인 연감』에 발표되다.
1821 서프로이센 주 정부 종교국의 평의원으로 임명되다. 그다니스크 근교의 여름 별장에서『방랑아 이야기』를 완성하다.
1822 어머니 사망하다.
1824 동서 프로이센의 합병으로 쾨니히스베르크로 옮겨 상원 의원직을 수행하다.
1826 『방랑아 이야기』가『대리석상』및 48편의 시들과 합본으로 출간되다.
1830 차녀 요제피네 태어나다. 소설『마리엔부르크의 마지막 영웅 Der Letzte Held von Marienburg』집필하다.
1831 베를린으로 가서 문화부의 가톨릭 교회 및 학교 제도 조사국에서 일하다.
1832 딸 요제피네 사망. 소설『헛소동 Viel Lärmen um nichts』출간되다.
1833 희곡『구혼자들 Die Freier』출간되다.
1834 소설『시인과 친구들 Dichter und ihre Gesellen』출간되다.

1837 소설『뒤랑드 성*Das Schloß Dürande*』 발표하다. 최초의 시집이 베를린에서 출간되다.

1839 소설『유괴*Die Entführung*』 발표하다.

1841 소설『행운의 기사*Die Glücksritter*』 발표하다. 최초의 전집이 4권으로 출간되다.

1842 희곡『익명*Das Inkognito*』 발표하다. 휴가를 얻어 그다니스크와 쾨니히스베르크를 여행하다.

1844 공직 생활에서 은퇴하고 1846년까지 그다니스크에 사는 딸의 집에서 기거하다.

1846 아내, 딸 내외와 함께 빈으로 옮겨 이듬해 여름까지 살다. 오스트리아 작가 그릴파르처, 슈티프터, 음악가 슈만 부부와 친교를 맺다. 평론『근대 독일 낭만주의 문학사 *Zur Geschichte der neueren romantischen Poesie in Deutschland*』 출간하다.

1847 베를린으로 이주. 평론「독일의 종교 문학 Die geistliche Poesie in Deutschland」「브렌타노와 그의 동화 Brentano und seine Märchen」「독일의 여성 살롱 문학 Die Deutsche Salonpoesie der Frauen」「오스트리아의 현대 문학 Die neue poesie Österreichs」발표하다.『근대 독일 낭만주의 문학의 윤리적·종교적 의미에 관하여*Über die ethische und religiöse Bedeutung der neueren romantischen Poesie in Deutschland*』 출

간하다.

1848 혁명이 일어나 쾨텐으로 피난하였다가 5월에 드레스덴으로 옮겨가다. 평론 「독일의 민중 작가 Die deutschen Volksschriftsteller」 발표하다.

1849 형 빌헬름 사망. 베를린으로 돌아가 소설 『자유의 여신과 구혼자 Libertas und ihre Freier』 발표하다.

1851 『18세기 독일 소설과 기독교 Der deutsche Roman des 18 Jahrhundert in seinem Verhältnis zum Christentum』 출간하다.

1854 『희곡의 역사 Zur Geschichte des Dramas』 출간하다.

1855 아내의 요양을 위해 칼스바트에 체재하다가 나이세로 이주하다. 12월에 아내 사망. 서사시 「로베르트와 귀스카르트 Robert und Guiscard」 발표하다.

1856 나이세에 사는 딸 테레제 내외의 집에 기거하다.

1857 『독일 문학사 Geschichte der poetischen Literatur Deutschlands』 출간하다. 서사시 「루시우스 Lucius」 발표하다. 11월 26일 급성 폐렴으로 사망하다.

문지스펙트럼

제1영역: 한국 문학선

1-001 　별(황순원 소설선 / 박혜경 엮음)

1-002 　이슬(정현종 시선)

1-003 　정든 유곽에서(이성복 시선)

1-004 　귤(윤후명 소설선)

1-005 　별 헤는 밤(윤동주 시선 / 홍정선 엮음)

1-006 　눈길(이청준 소설선)

1-007 　고추잠자리(이하석 시선)

1-008 　한 잎의 여자(오규원 시선)

1-009 　소설가 구보씨의 일일(박태원 소설선 / 최혜실 엮음)

1-010 　남도 기행(홍성원 소설선)

1-011 　누군가를 위하여(김광규 시선)

1-012 　날개(이상 소설선 / 이경훈 엮음)

제2영역: 외국 문학선

2-001 　젊은 예술가의 초상 1(제임스 조이스 / 홍덕선 옮김)

2-002 　젊은 예술가의 초상 2(제임스 조이스 / 홍덕선 옮김)

2-003 　스페이드의 여왕(푸슈킨 / 김희숙 옮김)

2-004　세 여인(로베르트 무질 / 강명구 옮김)

2-005　도둑맞은 편지(에드가 앨런 포 / 김진경 옮김)

2-006　붉은 수수밭(모옌 / 심혜영 옮김)

2-007　실비 / 오렐리아(제라르 드 네르발 / 최애리 옮김)

2-008　세 개의 짧은 이야기(귀스타브 플로베르 / 김연권 옮김)

2-009　꿈의 노벨레(아르투어 슈니츨러 / 백종유 옮김)

2-010　사라진느(오노레 드 발자크 / 이철 옮김)

2-011　베오울프(작자 미상 / 이동일 옮김)

2-012　육체의 악마(레이몽 라디게 / 김예령 옮김)

2-013　아무도 아닌, 동시에 십만 명인 어떤 사람
　　　　(루이지 피란델로 / 김효정 옮김)

2-014　탱고(루이사 발렌수엘라 외 / 송병선 옮김)

2-015　가난한 사람들(모리츠 지그몬드 외 / 한경민 옮김)

2-016　이별 없는 세대(볼프강 보르헤르트 / 김주연 옮김)

2-017　잘못 들어선 길에서(귄터 쿠네르트 / 권세훈 옮김)

2-018　방랑아 이야기(아이헨도르프 / 정서웅 옮김)

제3영역: 세계의 산문

3-001　오드라덱이 들려주는 이야기(프란츠 카프카 / 김영옥 옮김)

3-002　자연(랠프 왈도 에머슨 / 신문수 옮김)

3-003　고독(로자노프 / 박종소 옮김)

3-004　벌거벗은 내 마음(샤를 보들레르 / 이건수 옮김)

제4영역: 문화 마당

4-001　한국 문학의 위상(김현)

4-002　우리 영화의 미학(김정룡)

4-003　재즈를 찾아서(성기완)

4-004　책 밖의 어른 책 속의 아이(최윤정)

4-005　소설 속의 철학(김영민·이왕주)

4-006　록 음악의 아홉 가지 갈래들(신현준)

4-007　디지털이 세상을 바꾼다(백욱인)

4-008　신혼 여행의 사회학(권귀숙)

4-009　문명의 배꼽(정과리)

4-010　우리 시대의 여성 작가(황도경)

4-011　영화 속의 열린 세상(송희복)

4-012　세기말의 서정성(박혜경)

4-013　영화, 피그말리온의 꿈(이윤영)

4-014　오프 더 레코드, 인디 록 파일(장호연/이용우/최지선)

4-015　그 섬에 유배된 사람들(양진건)

4-016　슬픈 거인(최윤정)

제5영역: 우리 시대의 지성

5-001　한국사를 보는 눈(이기백)

5-002　베르그송주의(질 들뢰즈/김재인 옮김)

5-003　지식인됨의 괴로움(김병익)

5-004 데리다 읽기(이성원 엮음)

5-005 소수를 위한 변명(복거일)

5-006 아도르노와 현대 사상(김유동)

5-007 민주주의의 이해(강정인)

5-008 국어의 현실과 이상(이기문)

5-009 파르티잔(칼 슈미트/김효전 옮김)

5-010 일제 식민지 근대화론 비판(신용하)

5-011 역사의 기억, 역사의 상상(주경철)

5-012 근대성, 아시아적 가치, 세계화(이환)

5-013 비판적 문학 이론과 미학(페터 V. 지마/김태환 편역)

5-014 국가와 황홀(송상일)

제6영역: 지식의 초점

6-001 고향(전광식)

6-002 영화(볼프강 가스트/조길예 옮김)

6-003 수사학(박성창)

6-004 추리소설(이브 뢰테르/김경현 옮김)

제7영역: 세계의 고전 사상

7-001 쾌락(에피쿠로스/오유석 옮김)